아버지의 아들

發刊辭

　　인간관계를 가로막던 코로나19의 어두웠던 긴 시간들은 이제 지구촌에서 사라지고 광명한 빛이 천지간을 활기차게 가꾸어 내고 있습니다.

　　세상은 참으로 아름답습니다. 그러나 그 아름다움이 병원체에 의해 상처받을 수 있다는 사실은 여러 경로로 익히 알고 있었지만 체험적으로 부족함이 없지 않았다는 것이 사실일 것입니다. 그러나 우리는 경험하고야 말았습니다. 2018년 겨울 이후, 정체불명의 병원체가 지구촌에 횡횡하며 미쳐 준비되지 않은, 대비하지도 못한 우리네 인간사회를 침범하기 시작한 것입니다. 코로나19의 악영향은 참으로 지대했습니다. 지난 몇 년 동안의 인간적 고통은 이제 사라졌습니다만 우리는 팬데믹이라는 인간에 대한 경고를 절대 잊어서는 안 될 것이라 언급해 보는 것입니다.

저의 제4작품집『아버지의 아들』을 세상 속으로 내어놓습니다. 『아버지의 아들』이라 제호를 붙인 제4작품집은 모국어를 사용하는 우리네 가가호호의 잡다한 가정사로 엮어진 작품들이라 더러는 읽으시는 독자님들의 공감을 얻기도 하겠지만 반면에 고개를 도리질하는 독자들도 계실 것이라 짐작하고 있기도 합니다.

모두가 아시는 듯 소설은 인간사의 크고 작은 얘기입니다. 누구나가 인간사가 아닌 얘기를 소설로 꾸며내겠는지요? 물론 공상과학소설이라면 작품 내용에 인간이 침범할 여지가 없겠습니다만 대게의 소설은 인간사의 단면과 특정부분으로 형성되는 것이기에 소설을 인간사에 대한 보고서라고도 언급하는 것입니다.

저의 제4작품집『아버지의 아들』에 수록된 단편 여덟 작품과 짧은 소설 세 작품은 제3작품집『歷史의 監獄』을 출간 이후부터 시간을 할애하여 틈틈이 일군 텃밭의 농작물 같은, 아니 그 이상의 정성이 담긴 작품들이라고 감히 말씀드리고 싶습니다.

조관선 제4소설집의 발간사를 쓰는 과정을 기회로 저는 저의 독자들에게 하나의 약속을 제시하고자 합니다. 저는 현재까지 중·단편소설로만 작품집을 발간하고 있습니다. 제 나이도 이제 망팔십에 이르고 있는지라 다음에 발표하는 작품은 누군가의 일생을 담은 장편소설 발표라는 약속인 것입니다. 결과의 유무를 떠나 과정만은 철저한 자기 약속을 전제할 것임을 천명하는 바입니다. 현재 창작 기반이 어느 정도 준비된 시점이라 장편소설이라 이름한, 오로지 차기 창작작품에 대해서만 생각하고 도전할 것입니다. 처음 도전하는 장편소설 창작에 독자들의 많은 응원과 기도를 부탁드리며 조관선 제4소설집의 발간사에 갈음하고자 합니다.

감사합니다.

2024년 夏至무렵,
頭陀山幕에서

목차

發刊辭발간사　　3

1 가족사진　9

2 아름다운 얼굴　39

3 아버지의 아들　75

4 길고양이 가족 인사　105

5 그 해 여름의 揷畵삽화　115

6 伯兄백형　147

7 木炭목탄으로 그린 그림　177

8 아버지의 遺産유산　207

9 첫사랑　217

10 어머니의 江강　245

11 평화의 沈默침묵　277

1

가족사진

전화기 저쪽을 향해 오십 상처는 망처라 말씀하시던 아버지가 떠올랐다. 세상에 둘도 없는 도덕군자였던 아버지가 최근 들어 왜 그런 말씀을 자주 하셨는지를 나는 알지 못했다. 무엇이 망처인가? 뇌암이라는 병마와 싸우시다 남편을 홀로 남겨두고 절명한 마나님을 원망하고 계심인지, 아니면 아무도 알아주지 않는 홀아비 신세를 자책하고 계심인지 분간되지 않았지만 아버지는 상처(喪妻) 이후의 날들에 대해 종종 주변 눈치 보지 않고 상대방을 향해 자조의 말씀을 뱉어내곤 하셨다.

그렇듯 하소연이나 다름없는 말씀을 스스럼없이 보내는 전화 상대가 누구인지를 알고 있었지만 나는 습관처럼 그러려니 했다. 아버지와 상기아재는 평소에도 당신들의 마나님 만큼이나 서로 간을 챙기는 듯한 사이이기도 했는데 관찰한 바에 의하면 근래 들어 그야말로 하루가 멀다고 안부통화를 나누는 듯했다.

휴대전화기가 세상에 얼굴을 내밀기 전이었다. 흑백으로 방영되던 텔레비전이 칼라로 바뀌고 얼마 지나지 않은 시절이었다. 땡전뉴스라하여 아홉 시만 되면 제일 먼저 머리 벗겨진 대통령의 그날 일정을 시작으로 뉴스를 하던 시기였다.

"사람 참!"

상기아재가 무슨 말을 했는지는 알지 못했지만 아버지는 수화기 저쪽으로 난처한 표정을 보내고 있을 터였다. 조금씩조금씩 닮은 꼴로 진행되고 있는 아버지와 상기아재의 인생사가 아닌가 하고 생각하던 때가 있었는데 만에 하나 내 아버지의 앞날도 상기아재를 닮았으면 좋겠다는 희망사항은 내게 있어 현재진행형이기도 했다.

상기아재는 몇 년 전에 마나님을 여의고 소상(小祥)이라 이름한 첫 제사를 지내기 바쁘게 새장가를 들어 깨를 볶고 있다고 전해 듣고 있었다. 언론사 미주특파원으로 한국을 떠나 아예 그곳에서 가정을 이룬 아들은 차치하고라도 대학을 마치기 바쁘게 서두르듯 제 짝을 찾아 부모를 떠난 딸을 향해서는 "딸년은 키워봤자 손해야, 손해."를 입버릇처럼 뱉어내던 상기아재는 앞날을 예비하고 있었다는 양 겉으로는 마나님의 영면을 더 이상 애도하지 않았다.

상기아재가 상처했을 때 아버지는 마치 당신 일처럼 상기아재를 챙겼었다. 아버지는 눈을 뜨면 수화기를 들어 가장 먼저 상기아재를 찾았고 간밤의 안부를 묻기도 했다. 상기아재의 일정에 아버지는 항상 당신을 끼워넣기를 주저하지 않았다. 그러다가 상기아재가 새로운 마나님을 얻어 두문불출을 자행하자 아버지는 상기아재의 행복한 삶을 당신 일처럼 기뻐했지만 아버지와 상기아재의 조우가 예전 같지 않음을 나는 짐작하고 있었던 것이다.

"그건 친구에게나 가당한 일이고. 세상에 당신 같은 행운이 어디 또 있을라고?"

아버지가 상기아재를 향해 수화기 저쪽으로 던진 말씀 중에서 유일하게 내 심장에 박혀 있는 언어였다. 내 고막에 닿은 앙금을 깔고 있는 아버지의 말씀은 오히려 내 가슴에서 애잔한 실루엣을 만들기도 했다.

상기아재가 재취로 만난 여자는 아직 오십에도 미치지

못했다. 동갑내기였던 마나님이 교통사고로 세상을 뜨자 한동안 슬픔을 안고 지내던 상기아재였는데 아재의 가까운 친척이 중매를 들어 재취를 얻었던 것이다. 아버지는 '당신이야말로 호박이 넝쿨째 굴러들어온 것'이라고 종종 수화기 저쪽으로 농담 같은 설레발을 보냈지만 나는 당신 같이 그러하지 못한 일 아니냐 하는 어투가 내재된 의미일 것이라는 생각을 은연중에 내 안에 삼키기도 했던 것이다.

훗날에야 알게 된 사실이지만 상기아재는 마나님의 교통사고로 상당한 금전을 보상금으로 받았다. 중소도시의 중앙부에서 대형철물점을 운영하여 수입이나 수완이 괜찮다던 상기아재는 부부공동으로 형편에 맞게 손해보험에 가입해 뒀었는데 교통사고의 피해자 보험금과 가해자의 합의금, 가입해둔 손해보험금을 합쳐 재산이 갑자기 곱절로 늘었다는 소문이 떠돌았던 것이다. 유추해 보노라면 결국 늘어난 이재의 부피가 젊은 여자를 재취로 얻게 된 원인이 아닐까 하고 나는 생각한 적이 있었던 것이다.

상기아재의 돌아가신 마나님은 내 어머니에 비해 연세가 너댓 살 위였다. 나이 차 때문인지 남편들의 깊은 우정만큼 아지매와 우리 어머니와의 정리는 돈독하지 않은 듯

했다. 어쩌다 한 번씩 부부동반 식사자리를 하는 것 외에는 별다른 조우가 있지 않다는 것을 알고 있었지만 아버지는 아녀자들 끼리의 서먹함을 개의치 않는 듯했다. 보통의 가정이라면 남편의 우정과 안방마님들의 정리도 정비례할 터. 더하여서 두 분의 거리감의 요인이라면 내 어머니가 나이에 비해 한참이나 젊어 보임은 물론 어느 자리에 끼여도 아름다움이 돋보인다는 미모의 차이 때문이 아니었을는지.

살아생전 치장이라는 걸 모르고 오로지 장사에만 시간을 할애하신다던 상기아재 아지매는 그나마 운전하는 걸 좋아해서 원근의 배달을 도맡았었다. 또한 운전도 곧잘 하여 상기아재는 마나님에게 많은 것을 의지했는데 결국 작은 트럭을 운전하여 배달을 가던 중에 신호를 무시한 상대방 차량의 잘못으로 이승을 하직하는 큰 사고를 당했던 것이다.

그렇게 일 년, 철물점 사업은 새로 들인 젊은 종업원에게 맡기고 한동안 술에 취해 지내시던 상기아재가 어느 무렵 만나는 사람이 있다고, 새장가를 들 것 같다고 아버지에게 알려왔던 것인데 아버지는 누구보다도 환영의 뜻을 나타냈던 것이다. 더하여서 내 아버지가 상기아재의 새장가 소식을 아들인 내게 알려주신 건 내가 상기아재를 삼촌이라 호칭해온 것이 원인일 걸로 생각했다. 사실이 그랬던 것이다. 언제부터인지 뚜렷한 기억이 없지만 나도 알지 못하는 사이에 상기아재를 삼촌이라 불렀던 것이다. 들은 바에 의하면 두 분의 나이가 동갑이지만 아마 짐작으로 아버지가 상기아재 보다 생일이 서너 달 빠르다는 걸로 짐작하던 때가 있었던 것이기에 상기아재에 대한 호칭이 어렵지 않았을 터였다.

투병하던 암을 이기지 못하시고 어머님이 요절하시자 아버지는 지방공무원 사무관 자리를 명퇴라는 명분으로 사임하고 행정사 자격증을 새로운 사무실 벽면에 걸어두고 소일하기 시작하셨다. 명퇴의 명분이 퇴직금에 플러스 알파 가치가 존재하던 시절이었기에 가능했을 터. 동료나 주변 지인들은 얼마 남지 않은 정년을 스스로 차버리느냐고 만류하였으나 아버지는 본의 아니게 돈의 노예로 살아온 세월이 길었으며 함부로 탕진하지 않는 한 죽을 때까지 못다 먹을 재산이 있는데 아웅다웅할 필요가 무엇이냐는 지론을 앞세웠던 것이다. 심지어는 직장에 매달려 살아온 세월이 때로는 허무하기까지 하다는 이유를 내세우며 개업하신 행정사 사무실에서 여생이나마 유유자적하시겠다는 이유를 전제로 달았던 것이기에 "이젠 편하게 지내세요."라고 나도 간단하게 한마디 거들었던 것이다.

아버지의 수입이 얼마인지를 나는 알려고 하지 않았다. 설령 아버지의 수입이 0원이라 하여도 우리집이 금전적으로 어려울 일은 아무것도 없었다. 내가 철이 들 무렵에 타계하신 조부님의 상당한 재산을 유산으로 물려받은 아버지는 시내에 작은 상가도 소유하고 있는 터였기에 우리네를 알고 있는 사람들은 그야말로 우리 집을 부자라고 지칭했다. 때문에 아버지가 목구멍에 바칠 금전 몇 푼을 위해 여생을 할애할 이유 없음 또한 자명했다. 다만 아버지가 행정사 사무실 간판을 달고자 한 것은 기대 여명이 얼마이든 무료한 시간을 주체하지 못하는 지인들과의 교류와 경제적 어려움을 이유로 공공기관의 문턱을 쉽게 넘나들지 못하는 사람들의 편의도모를 위함이 이유였다. 고등교육의 한계치가 길지 않았던 세월에는 행정사의 수입이 괜찮았는지 알 수 없지만 아버지가 행정사 사무실 간판을 내걸 무렵만 해도 행정사무를 의뢰하는 건수가 많지 않은 듯

했다. 그러나 매사에 철두철미하신 분이라 아버지가 하시는 일이라면 나는 아들로서 무조건 아버지를 맹신할 뿐이었는데 그런 아버지가 오십 상처는 망처라고 수화기 저쪽으로 보내는 말씀을 흘려 들을 수 없었던 것이다.

그런 어느 휴일 오전, 상기아재가 느닷없이 내게 전화를 걸어왔다. 이유를 불문하고 내게 시간이 허락한다면 아버지에게 알리지 말고 오후에 둘이서만 식사를 하자는 것이었다. 처음 있는 일이라 의아했지만 나는 상기아재의 제안을 거절하지 못했다. 아버지에 관한 말씀이 있을 것이란 예감이 앞섰던 탓이었다. 그리고 그날 오후 상기아제와 대면하여 테이블을 사이에 두고 조우했을 때 상기아재는 이유 불문하고 새엄마를 얻으라는 것이었다.

새엄마!

아버지의 생각의 갈피를 읽지 못하고 있었던 나로서는 상기아재의 뜬금없는 제안에 어떠한 답변도 내어놓지 못했다.

"자네 모친 타계하신 지가 벌써 삼 년이 지났잖은가? 자네 부친 심정을 헤아려 본 적이 있는지 묻고 싶네?"

분위기의 행간을 짐작하기도 전에 상기아재는 단도직

입적이었다. 대답을 준비하지 못한 나는 식당의 메뉴판에 시선을 고정하고 있었다.

"자네도 알고 있겠지만 마나님 없이 살아 보니 사는 게 사는 것이 아니더군. 자네 부친이 오십 상처가 망처라고 자조적으로 하는 말 들어본 적 있는가? 자네 부친 보다 내가 먼저 겪은 일인데, 겪었다기보다는 체험한 셈이지. 사실 혼자 살 때도 나는 그런 생각을 안 해 봤었는데 그런데 자네 부친이 자조적으로 입버릇처럼 언급하더라고."

잠시 침묵이 흘렀다. 내 시선이 메뉴판을 벗어나지 못하고 있었던 것은 상기아재의 질문에 대한 대답 회피용일 뿐이었다.

"사장님, 여기!"

상기아재가 둘 사이의 어색한 분위기를 깼다.

"자네 뭘 좋아하는가? 이 집에서 제일 맛있는 걸로 먹음세."

내가 대답을 주저하는 사이 상기아재는 요리 하나와 빼갈을 주문했다.

"옛말에 과부는 쌀이 서 말이라 했고 홀아비는 이가 서 말이라 했다네. 새엄마가 잘 들고 못 들고는 자네 부친의 분복에 맡기고 망설이지 말고 새엄마를 들이게."

채근이었다. 살아 보니 옆에 사람이 있는 것과 없는 것의 차이가 하늘과 땅 차이라는 부언은 상기아재의 체험담이기도 했다.

"아버지께서 봐둔 분이라도 계시는지요?"

"…………."

상기아재는 답변을 유예하고 있었다. 눈치로 보아 아버지가 보고 계시는 분이 있음 직했다.

"너무 갑작스러운 일이라서……, 하지만 저는 아버지 뜻에 따르려고 합니다. 삼촌도 아시다시피 아버지가 허튼 분이 아니잖습니까?"

"암! 철두철미하지. 그러니까 공무원을 했겠지."

아버지가 아들 며느리를 한자리에 앉게 했다. 아내는 집안에 무슨 중대사라도 있느냐고 물었지만 나는 아는 것이 없다고 했다. 나로서야 짐작이 가능한 사안이 없는 바도 아니었지만 함구하는 게 옳을 듯했던 것이다. 일전에 상기아재가 언질을 전해왔던 일이 상기됐다.

"언제가 될지 알 수 없지만 자네 부친이 어떤 결정을 하시든 거절하지 말게. 인생이 백 년을 산다고 해도 이제 절반이 남지 않았네."

수화기 저쪽에서 던져지는 언질은 내 아버지 입장에서 아들의 기우를 염려하는 듯했다.

"예."

간단하게 대답을 했지만 내 안에 소용돌이치는 감정을 쟁여 넣기에는 간단한 일이 아닌 듯했다.

아버지는 서두가 길었다. 길게는 당신의 나머지 사십 몇 년 인생을 새롭게 조각하려는 일이 간단할 리 만무했지만 아들 며느리를 앞에 두고 그러실 필요가 있을까 싶었다.

"너희들에게 말하려고 하는 건 내게 새로운 삶이 필요하지 않을까 싶어서다. 옛말에 열 효자보다 악처 하나가 더 낫다는 말도 있더구나."

"…………."

이미 짐작하고 있던 말씀이지만 아내에게는 생소할 터. 분위기상으로 아내보다 내 결정이 외부적으로 우선할 때라고 생각했다.

"아버지가 무슨 말씀을 하신다 해도 저희는 모두 수용

할 생각입니다."

저희라고 했지만 솔직히 아내의 생각과는 상관없는 사안이었다.

"새아기도 아범과 같은 생각이냐?"

"…………."

말문이 닫혀 있는 아내를 일별하며 나는 아내에게 동조하라는 눈치를 보였지만 언어로 나타날 리 만무했다. 지천명에 상처를 한 시아버지가 홀로 지내신 세월이 몇 묶음이든 그 세월 동안 가슴에 담아놓은 혼자로서의 비애를 나와 아내가 안다고 할 수 있는 것은 아무것도 없었다. 더하여서 나머지 세월을 지금처럼 영위하시려면 며느리 위치에서의 고행이 어떤 것일지를 나는 조금씩 찾고 있는 중이었던 것이다.

"저는 상기아재를 생각할 때가 종종 있었습니다. 얼마 전에 상기아재가 전화를 하셔서 한 번 뵀었는데 신수가 무척 좋아 보였습니다."

아버지 들으시라고 한 말은 아니었다. 정말 상기아재의 신수가 좋았었다. 아지매가 타계하시고 상기아재의 적적함을 들어드리고자 내 아버지가 기울인 우정의 정도를 회억했을 때 상기아재에게 있어 그것이 전부일 수 없는 노릇이었던 것이다.

상기아재 철물점에 원태라는 이름을 소유한 젊은 종업원이 있었다. 홀어머니 밑에서 고등학교를 졸업하고 대학 진학이 여의치 않아 당분간 돈벌이를 하겠다고 나섰는데 심성이 괜찮음은 물론 부지런했다. 아버지를 병고로 잃고 어렵게 된 집안이라 스스로 얼마라도 벌어서 대학에 진학하겠다는 포부를 가진 청년인데 내 아버지도 알고 있었다. 홀어머니에 누이동생이 한 명 있으며 여고에 재학 중이었다. 모친은 모친 대로 하루라도 빨리 아들의 학비를 벌어야 한다며 인근 식당에서 허드렛일을 하고 있었다. 상기아재는 어린 종업원의 처지도 안타까웠지만 가장의 오랜 투병으로 가산을 모두 써버린 가족들의 미래가 걱정됐다. 상기아재는 언제부턴가 원태 모친의 됨됨이를 눈여겨 보았던 것이다. 더러는 원태를 향해 넌지시 '네 엄마가 아깝다'라거나 '형편에 도움이 될 새아버지를 들이면 어떻겠느냐?'는 따위로 원태의 의중을 떠보기도 했다. 원태는 사장님의 의중이 무엇인지 짐작하고 있었다. 사장님의 절친이 시청공무원으로 재직하시던 몇 년 전에 사모님을 여의셨다는 얘기를 들은 적이 있었던 것이다. 지금은 공무원 생활을 그만두고 행정사 사무실을 운영하면서 종종 철물점을 방문하는 사장님의 절친을 자신의 어머니와 엮고자 하는 것이라고 짐작하고 있었다. 원태는 아버지 없이 홀로 고생하시는 어머니를 안타까워한 적이 한두 번이 아니었지만 자신의 생각이 밖으로 노출된 적은 한 번도 있지 않았다. 얼마 되지 않은 재산이었지만 긴 병을 앓으며 가산을 모두 써버린 아버지에 대한 원망도 없지 않았지만 젊은 어머니의 고생을 지켜보는 현실이 흉중의 한이기도 했다. 원태는 새아버지를 거부하지 않았지만 자신과 누이동생이 어머니에게 짐으로 존재하는 것 같아 대학보다는 일찍이 자립을 생각할 때도 있었다. 원태는 얼마를 고민한 끝에 누이동생에게 "만약 우리에게 새아버지가 생긴다면 너는 어떻게 하겠느냐?"라고 넌지시 말문은 던진 적도 있었는데 한창 사춘기를 보내고 있는 동생은 제 오빠를 쏘아만 볼뿐 별다른 언급이 없었다. 원태는 사장에게 동생 얘기를 했다. 상기아재는 원태의 의중이 어떤 것인지를 짐작했다. 상기아재는 시간을 기다리면 계획하는 일이 가능할 것이라는 기대감이 앞섰다. 상기아재는 두드리면 열릴 것이라는 신념으로 원태를 설득했다. 상기아재가 보기에도 당신의 절친이 원태네의 가장으로서 세상에 둘도 없이 적합한 사람이라는 확신을 가지고 있었던 것이다.

　두 사람의 인연을 마음에 두고 계시던 상기아재는 결국 당신의 노력을 열매로 맺고자 했다.

　상기아재의 주선으로 시내 음식점에서 우리 가족과 상기아재, 원태 어머니가 자리를 같이했다. 우리 가족이래야 아버지를 포함한 나와 나의 아내였다. 데면데면한 분위기를 깨기 위해 먼저 상기아재가 말문을 열었다.

　"다들 알고 계시듯 우리가 이렇게 자리를 같이한 것은 앞으로 서로가 좋은 시간을 만들어 보자는 취지가 아닌가 합니다. 먼저 제가 두 가족을 소개하겠습니다. 알고 계시겠지만 이쪽은 우리 가게에서 열심히 근무하고 있는 장원태 씨 모친, 그리고 또 이쪽은 세상에서 둘도 없는 내 친구 윤중만 씨와 아들 상준 씨, 그리고 며느리입니다. 서로 인사하시지요."

　상기아재는 분위기를 이어갔다. 상기아재 입장에서는 양쪽 가족 모두를 친히 알고 있는 터라 중재하기에 너무 자연스러웠다. 누구 한 사람 상황이나 진행 과정을 언급하지 않았지만 내 아버지와 원태 어머님의 관계는 이미 원만하게 진행되고 있는 것 같았다.

"원태 어머님! 원태와 진주는 제가 따로 설득해 보겠습니다. 제 짐작입니다만 원태는 어느 정도 알고 있지 않나하는 생각이기에 사실 여부를 확인해 보고 원태를 앞세워서 진주를 설득해 보는 방법이 있을 것으로 생각하고 있습니다."

나는 염려하지 않을 수 없었다. 사춘기의 대명사인 여고 2학년 학생에게 새아버지를 언급한다는 것은 언어도단이었다. 그러나 상기아재로서는 주저할 수 없는 사안이었다.

상기아재는 원태에게 구체적으로 어머니의 재혼을 타진했다.

"네가 돈을 벌어 학업을 잇고자 직업전선에 뛰어들었지만 어디 세상살이가 쉬운 일이 있더냐? 공부는 시간을 놓치면 지속하기가 수월하지 않은 것이고 또 아래로 누이동생의 진학도 고려해야 할 일 아니냐? 너도 알고 있다시피 마침 네 어머니를 필요로 하는 분이 계셔서 오지랖 넓게도 내가 나섰다. 너와 네 동생만 허락한다면 너희들의 앞으로의 삶이 조금은 편할 것 같다는 생각, 아니 한마디로 노파

심에서 오지랖을 떨어봤단다."

그 무렵, 원태는 가까운 시일 내에 자신의 대학진학이 용이하지 않을 것이라는 예감을 떨치지 못하고 있었다. 자신이 벌고 어머니가 보탠다고 하지만 수입 구조와 지출이 반비례적인 현실이 가슴을 조이게 하던 터였다.

원태는 무엇이 옳은 일인지를 분간할 수 없었다. 사장님의 얘기를 듣고 있노라니 어머니를 팔아서 자신과 동생의 미래가치를 담보하겠다는 이율배반적 현실이 눈앞에 존재하는 듯했다.

"저는 모든 것을 어머니 선택에 맡기고 싶습니다."

원태의 답변이었다. 어쩌면 굿이나 보고 떡이나 먹자는 꼴이었지만 다른 대답을 찾기가 쉽지 않은 자리였던 것이다.

"쉽지 않겠지만 네가 진주를 설득해 볼 생각은 없느냐?"

"…………"

한참을 침묵하던 원태는 자신 속으로 기어들어가는 소리로 '예'라고 했다.

염려했던 일들이 춘설처럼 녹아서 조금씩 풀리는 듯했다.

아버지의 새로운 인생의 시작이 준비되고 있었다. 오십 상처는 망처라고 힘없이 말씀하시던 아버지는 상처의 아픔을 망각하신 채 신나는 시간을 부여잡고 계셨다. 나는 아내를 설득하여 아버지 집 가까이에 있는 아파트를 구입하기로 했다. 아파트라는 말에 아내가 더 신바람을 내는 듯했다. 그리고 애초에 아버지의 집이었던 본집으로 원태네가 이사를 오기로 했다. 시청공무원으로 재직할 당시에 아버지가 마음먹고 건축한 집이었기에 마당이 넓었고 방도 여유가 있었다. 마치 먼 훗날, 즉 오늘을 예감하고 건축한 집 같았다. 나와 아내는 새로 구해놓은 집으로 거처를 옮기는 것으로 모든 것이 순조롭게 진행되고 있는 터였다. 두 가족이 합칠 준비를 하고 있을 때 아내는 아버님과 새시어머니의 단촐한 결혼식을 제안했다. 나이 들어서 생활을 바꾸는 분들이라 서먹함을 해소하는 방법론이라 했다. 예식장에서 치루는 결혼식이 아닌 가까운 사찰에서 간소하게라도 혼인식을 치루자고 했다. 나 역시 찬성이었다. 나는 아버지를 통해 우리의 생각을 제안했다. 아버지가 새어머니의 의사를 듣고 가부를 알려주시기로 했다.

시부에 대한 아내의 태도가 고마웠다. 안방을 차지하고

있던 며느리가 뒤에 들어오실 시모에게 과연 스스럼없이 어머니라 호칭할 수 있을지 무척이나 궁금했지만 나는 아내를 믿고자 했다.

며칠 후 나는 우정 원태를 찾아갔다. 아직 어린 티를 벗지 못한 원태에게 내가 먼저 다가가고자 작심하고 있던 터였다.

"원태야!"

호칭에 마음이 쓰이던 나는 편하게 이름을 불렀다.

"아, 예. 오셨어요."

원태의 대답이 가벼웠다.

나는 카운터에 앉아 전화기를 잡고 있는 상기아재에게 인사를 하고 원태에게 볼 일이 있다고 했다.

"원태야! 바쁘지 않을 시간이니 형과 이야기 나누고 오거라."

'형?!'

심장이 덜컹했지만 나는 싫지 않았다. 아니 싫을 리가 없었다. 망설이고 있던 내 안의 갈등과 둘 사이의 관계성을 상기아재가 자연스럽게 정리해주신 것으로 생각했다. 상기아재가 허락하신다면 원태를 불러내어 가까운 커피숍

에라도 가서 원태와 조용히 얘기하고 싶었지만 자신의 위치를 감안한 눈치 빠른 원태가 괜찮다며 가게 안에 있던 플라스틱 의자를 내게 내밀었다.

"일부러 너를 찾아왔다. 네게는 불쾌하게 들릴는지 모르겠지만 이미 많은 것들이 결정되고 있는 과정이니 단도직입적으로 얘기하마. 이제 우린 한가족이 될 거잖니? 우리 아버지와 네 어머니가 부부가 되시는데 우리들의 서먹함을 덜고자 가까운 사찰에서 두 분이 간단하게 혼인식을 하시게 했으면 싶구나. 모든 부담은 우리가 맬게. 그리고 이제부터 너는 내 동생이고 나는 네 형이잖느냐? 원태도 내 호칭에 대해 고민을 많이 했으리라 생각한다. 앞으로는 형님동생으로 부르자. 그리고 네 일에 방해가 안 될 때 시간을 만들어 형수와 진주와도 자리를 같이 해보자꾸나. 오케이?"

"형수라니요. 누구를요?"

"아! 우리 집사람 말이다."

"…………."

먼 귀로 듣고 계셨는지 상기아재가 말참견을 했다.

"상준이가 아주 호쾌하구나. 내가 보기에도 정말 좋은

형제지간이 될 것 같다. 서로 간에 형과 동생이 생기고 또 진주는 큰오빠가 생기고 상준이는 누이동생이 생겼으니 정말정말 축하할 일인 것 같구나."

원태가 나의 제안을 수용하지 못하고 있었다. 자존심에 의한 망설임인 듯했다. 나는 배달주문을 받고 있는 상기아재의 음성을 들으며 철물점을 물러났다. 내가 고민하고 있었듯 원태도 고민하고 있었을 호칭 문제를 해결하였으며 억지로라도 우리 집사람과 앞으로 형수와 누이동생이 될 진주와 네 사람이 한자리에 앉아 가족이라는 이름을 붙이게 된 느낌이라 발걸음이 가벼웠다. 그러나 네 사람이 한자리에 모이자는 나의 제안이 실행되지는 않았다. 원태를 통해 들은 얘기로는 아직은 진주가 낯을 가리는 것 같다고 했다. 나는 시간을 기다리기로 했다. 아내 역시 어린 여자아이 마음을 읽고 있었다. 특히나 가장 예민할 시기임을 부인할 수 없었던 것이다.

나와 아내의 진정성을 읽었는지 두 집안이 새로운 출발을 하는데 모든 것이 순조로웠다. 원태 모친의 승낙을 받고 아내와 새어머니 될 분이 가까운 사찰을 정하고 왔다. 아내는 시부님이 서운하지 않도록 많은 것을 배려했다. 시부의 손으로 새어머님에게 건넬 서운치 않을 금전도 조달했다. 물론 내 이름으로 된 계좌에서 인출된 금원이었다.

두 집 살림이 합치는 날을 택일한 것은 새어머니였다. 아버지만큼이나 새로운 생활에 대해 기대 가득하신 새어머니를 생각하며 나는 돌아가신 어머니를 회억했다. 남달리 넉넉한 살림살이에도 어머니가 집안 살림을 지키시려고 전전긍긍하신 내력들이 뇌리를 파고들자 가슴이 먹먹했다. 화장품 하나 허투루 사지 않던 어머니였다. 본바탕이 화장품을 대신할 수 있다고 우스개처럼 언급하시던 어머니를 생각하자 눈가가 젖어 들기도 했지만 나는 새어머니에게 내 눈물을 보이지 않으리라 다짐했다.

산사에서 간단하게 예식을 마치고 가족들이 둘러앉아 공양보살님이 차려놓은 사찰음식을 먹으며 상기아재는 당신의 중재가 양가에 축복이 생겼다고 스스로 자랑스러워했다. 나는 누구보다 양가의 축복된 만남을 위해 신경줄을 놓지 말아야 할 것이라 다짐했다.

식사를 끝내고 새어머니와 동승하신 아버지는 당신이 직접 운전하여 집으로 오셨다. 원태와 진주는 내가 운전하는 차에 동승하여 귀가하며 처음으로 여러 얘기를 나누었지만 집안 막내가 된 진주의 음성을 듣는 건 쉽지 않았다. 아내가 진주의 말문을 열게 하려고 노력하였지만 감수성 탓인지 진주는 입을 닫은 채 차창 밖으로만 시선을 던지고 있었다. 그러나 나는 믿는 구석이 있었다. 세상사 모든 것은 시간이 시작과 끝을 조각하는 약이라는 것을.

두 가족이 한 살림으로 합치고 오래지 않아 우리는 상기아재를 초청하여 아버지 집에서 조촐한 파티를 열었다. 아내의 제안이었다. 만남이 잦은 것은 가정화목의 지름길이라 했다.

새어머니와 아내가 합작하여 만들어낸 음식은 우리 모두를 즐겁고 행복하게 했다. 세 사람이 이루고 있던 가족 구성원이 갑자기 여섯이나 되고 보니 사람 사는 맛이 이런 것이구나 하는 생각이 들었다. 이제껏 입을 잘 열지 않고 지내던 진주는 그날따라 종종 입을 열어 분위기를 돋우었다.

식탁 위의 음식들이 조금씩 조금씩 줄어들고 시간이 늦어 있음을 알리자 상기아재가 먼저 일어나셨다.

"생선과 손님은 오래 머물면 구린냄새가 난답디다."

모두가 한바탕 웃음으로 분위기를 돋우었다. 상기아재가 앞서 자리를 비우고 우리 부부가 일어서려 하자 조금씩 입을 열어 분위기를 돋우던 진주가 정색을 하고서 입을 열었다.

"큰오빠, 새언니!"

진주의 음성은 방안 공기를 제법 커다랗게 깨트리고 있었다.

"큰오빠, 새언니! 저희를 가족으로 그리고 동생으로 맞아주셔서 감사합니다. 사실 친구들 만나면 조금은 창피할 때도 있었는데 새아빠와 큰오빠, 새언니가 생긴 게 저는 너무 좋아요."

진주의 심중을 듣고 아파트로 돌아가는 발걸음이 행복감을 대변해주었다. 아내는 시부와 함께 시모의 여생이 부디 즐겁고 행복하기를 소망하며 기도했다. 두 분의 삶이 행복한 만큼 우리네와 원태, 진주의 삶도 행복한 것이라고 아내가 언급할 때는 그 자리, 길 위에서 아내를 안아주고 싶기도 했다.

그 해가 모두 저물 즈음에 나는 아버지를 통하여 원태의 대학진학을 타진했다. 아내가 지나가는 말투로 넌지시 먼저 제안했던 것이다. 원태는 아버지의 제안을 거절했다. 자신이 모은 돈이 아직은 부족하다는 결과론적 언급이었다. 학업이 늦어지면 사회진출도 그만큼 늦어진다는 사실론과 내 제안이 곧 아버지의 제안이었다는 사실에 원태는 마지못한 듯 대답을 했다. 원태는 대학입학 후에 입대를 했다. 병역을 마친 후에 졸업하는 것이 사회생활에 도움이 된다는 내 제안을 수용했던 것이다. 진주도 여고를 졸업하고 자신이 원하던 대학에 진학을 했기에 만사가 형통하는 듯했다. 그것은 어쩌면 내 아버지와의 만남에 대한 새어머니의 계획에 포함됐던 나름의 소망사항이 아니었을지. 나아가 두 가족의 합가에 대한 상기아재의 중재안이 넌지시 오고 가는 과정 안에 내재했던 현실론은 아니었을지 나는 미루어 짐작만 했을 뿐 더 이상은 알려 하지도 내색하지도 않았다.

화목함의 모범답안인 양 시간이 흘러 원태의 제대와 졸업이 있었으며 나아가 진주가 졸업하던 날 진주의 제안으로 우리는 가족이라는 명분으로 소문난 사진관을 찾아가서 나란히 포즈를 잡고 가족사진을 촬영했다. 사실 그때까지 우리 집안 어디에도 가족사진이 존재하지를 않았던 것이다. 원태도 제 아버지가 돌아가신 후에야 가족사진을 촬영하지 못했다는 사실을 알게 됐다며 후회한 적이 있었다고 했다. 우리 역시 어머님이 생존해 계실 때 가족사진을 촬영하지 않았던 것이다.

며칠 후 새어머님의 제안으로 아버지 집에서 가족들의 저녁식사가 약속된 터라 나는 퇴근길을 서둘러 바로 아버님 댁으로 향했다. 아버님 댁 현관에 도착하자 현관 너머의 식탁 쪽에서 오순도순 얘기 소리와 웃음소리들이 들렸다. 식탁을 중심으로 가족들이 모두 모여 있음을 직감할 수 있었으며 나는 내가 마지막 식객일 것으로 생각했다. 그러나 식탁 주변 어디에도 나 아닌 또 한 사람이 보이지 않았다. 원태가 자신의 자리를 비워놓고 있었던 것이다. 출타 중인 원태를 제외한 식솔들이 저녁식사를 위해 모인 자리에는 끊임없이 얘기꽃이 피어나고 있었고 식탁 위엔 새어머님과 아내의 솜씨로 보이는 음식들이 하나둘 올려지고 있었다. 식탁 위의 음식들은 소박하지 않았다. 한 눈에도 음식들이 행복감을 자아내고 있었지만 그러나 누구 한 사람 먼저 수저를 들려 하지 않았다.

"아버지, 왜 수저를 안 드세요?"

갖가지 음식들에서 풍겨 오르는, 후각을 자극하는 냄새들에 현혹되어 나는 아버지를 일별하며 입을 열었다.

"원태가 귀가길에 사진관에 들렀다가 온다고 했는데 아마 집 가까이에 오고 있을 게다. 원태가 도착하면 먹자구나."

나는 아버지의 말뜻을 이해하지 못했다. 원태가 집 가까이에서 오고 있다면 식사를 하다 보면 원태가 도착할 것이고 원태가 식탁에 앉으면 아내든 새어머니든 원태의 식기에 밥을 떠서 식탁에 올리면 될 일이라 생각했다. 그러나 아버지의 생각을 읽지 못한 나 또한 수저를 들 수 없었다.

원태는 졸업과 동시에 취업이 확정돼 자기생활에 여념 없는 듯했다. 최근 들어 아버지는 원태를 향해 둘째 며느리 언제 인사시킬 것이냐고 곧잘 농담을 하시곤 했다. 원태는 아버지의 그러한 농담을 미소로 받아넘기곤 했지만 원태의 얼굴에 담겨 있는 행복감을 나는 읽고 있었다.

잔무가 많은 듯 원태는 퇴근이 늦을 때가 많았지만 나 대신 내 아버지를 지켜주는 또 다른 수호자인 듯했다. 원태가 회사의 잔무를 자청하고 있다는 풍문은 내게 믿음을 배가시켰기에 혈육의 정이 더욱 돈독해지기도 했다. 퇴근

길에 잠시 친구라도 만나고 귀가하는 것이라고 짐작하고 있던 나는 원태가 들고 올 가족사진의 그림이 궁금했다. 아버지도 새어머님도 나도 아내도 진주도 한결같이 행복의 실체를 머금고 있는 듯했다. 잠시 후 외출에서 돌아오는 원태의 인기척이 현관 앞에서 느껴졌다. 조용하던 장수가 컹컹거렸던 것이다. 장수는 어린 새끼를 데려와 몇 년째 집 지킴이로 키우고 있는 진돗개 백구였다.

아니나 다를까 원태는'다녀왔습니다.'라고 인사를 앞세우며 현관문을 열고 모습을 드러내고 있었다. 원태의 손에는 포장된 큰 액자가 들려 있었다. 원태의 손에 들려 집안에 들어 온 큰 액자는 포장을 벗기지 않아도 가족사진임을 짐작할 수 있었다. 그리고 아버지의 손에 의해 포장이 벗겨진 가족사진은 우리 가족의 행복의 실체를 보여주는 듯했다. 멋진 사진틀 안에 갇힌 우리들 여섯 사람은 한결같이 만면에 미소를 가득 담고 있었지만 처음 소유하게 된 가족사진에 우리 모두의 시선이 머물던 그 순간, 저세상 어딘가에 계실 내 어머님의 지난날의 잔잔하던 미소가 뇌리에 스며들어 나는 천장을 향해 시선을 옮겨야 했다.

2

아름다운 얼굴

아버지가 돌아오시지 않았다. 다른 아저씨들은 모두 돌아오는데 아버지가 탄 배는 귀항 예정일을 일주일이나 지나고도 돌아오지 않고 있었다. 보름 전까지만 해도 어업무선국과의 통신을 매일같이 교환하였다는데 어느 날 자정에 있어야 할 통신이 없었으며 그 후부터 여하한 통신도 교환되지 않았다고 했다. 물론 선단선들과의 통신도 교환되지 않았다고 했다. 선단선들과의 통신이 교환되지 않자 이상하게 생각한 선단선들이 아버지가 탄 배를 찾아 나섰지만 이미 연락이 두절된 아버지가 탄 배는 대화퇴 어장 어디에도 있지 않았다 했다. 선단선들의 1차 수색에 이어 해군과 해경에서 불철주야로 실종선박을 수색하고 있다고 했는데, 그 소문을 들은 지가 벌써 일주일이 지났는데도 실종선박을 찾았다는 소식은 들려오지 않고 있었다.

아버지가 오시지 않자 우리 집엔 매일같이 마을사람들로 붐비고 있었다. 우리 집에 이렇게 많은 사람들이 모여드는 것을 나는 처음 본다. 아직 어린 나이지만 내 생전에 마을사람들이 우리 집에 이토록 많이 모이는 것을 나는 아직 보지 못했다. 그들은 모여 앉아 어머니를 위로하는가 하면 어머니와 함께 울기도 하고 어머니를 끌어안고 내가 알아들을 수 없는 무슨 말들인가를 주절주절 읊기도 했다.

아버지가 돌아오지 않는 시간이 점점 길어지고 있었다. 한동안 집 안에 붐비던 마을사람들도 이젠 그렇게 모여들지 않았다. 어머니는 밤낮없이, 그리고 미친 듯이 실종선원 가족들과 어울려 동분서주하고 있었다.

나는 어머니의 이해할 수 없는 행동을 그저 타인의 시선으로 바라볼 뿐 그 무엇도 어쩌지 못했다. 나보다 세 살이나 아래인, 이제 겨우 여섯 살인 동철이는 어머니의 미친 듯한 모습을 보면서도 배고프다고 울고 보챘지만, 어머니는 우리를 돌보는 데 소홀했다.

나는 밤이 무서웠다. 동철이도 밤이 무서운지 밤만 되면 내 옆에 누워 한 손으로는 주린 창자를 움켜잡고 나머지 한 손은 내 옆구리를 꼭 껴안은 채 잠이 들곤 했다. 죽어도 형의 옆구리를 놓지 않겠다는 양 그렇게 움켜잡고. 그러나 쉽게 잠에 빠지는 동철이와는 달리 나는 쉬 잠이 오지 않았다. 아버지가 없다는, 그리하여 어머니가 미친 사람처럼 되고 있다는 그 커다란 사실 하나가 나를 무서움에서, 공포감에서 헤어날 수 없게 했던 것이다.

무섭다는 것은 잠이 오지 않는다는 것이었다. 아무리 눈을 감고 잠을 청하려 해도 잠의 안식은 나를 외면했다. 아무리 무서운 것도, 무서운 생각도 잠만 와 준다면 하나도 무섭지 않을 텐데 잠이 오지 않아 너무나 무서웠던 것이다. 아버지가 오시지 않는다는 것과 어머니가 미친 듯이 울고불고하시는 게 무서워 나는 떨면서 애써 잠을 청하고 있었지만 잠은 몇 며칠 나의 바람을 외면한 채 공포의 굴레에다 나를 방치하고 있었다.

뻐꾸기가 몇 번인가를 울고 있었다. 나는 눈을 떴다. 방 안은 켜져 있는 형광등 불빛으로 인해 밝았다. 몇 시인지는 알 수 없었지만 잠깐 잠이 들었었나 보았다. 눈을 돌려 시계를 보면 시각을 알 수 있으련만 아침이 오기까지의 시간이 길어질까 봐 나는 시계를 보지 않았다. 시계 소리는 불현듯 아버지를 생각나게 했다. 지난 봄, 내가 학급반장에 뽑힌 기념으로 아버지가 선물로 사 온 뻐꾸기시계였다. 그 시계를 사 오신 날, 없는 돈에 그런 비싼 시계를 사 왔다고 어머니에게 야단을 맞으면서도 아버지는 내 새낄 위해서라면 그깟 몇 푼이 뭐 그리 아까우냐 하시면서 오히려 어머니를 나무라시던 아버지였다.

나는 뻐꾸기 소리를 운다고 표현했었다. 그것은 아버지의 표현이기도 했다. '동근아, 뻐꾸기가 일곱 번 울었어. 그만 자고 일어나 핵교 가야제'라고 하시던 말씀의 울음이라는 단어, 뻐꾸기는 어김없이 하루에 백오십 여섯 번을 꼭꼭 울어 재꼈던 것이다. 뻐꾸기는 조금 전에도 울었었다. 그 울음은 내게 안긴 평화를 침범하여 다시 나를 공포의 굴레로 몰아넣고 있었다. 동철이의 오른손은 아직도 내 허리께의 옷자락을 잡고 있었다. 다시 무서움이 몰아치고 있었다. 새롭게 몰아친 무서움은 애타도록 어머니를 기다리게 했다. 그러나 어머니는 내 기다림의 영역 밖에서 나를 외면했고, 그로 인해 밤은 한없이 정체돼 있었으며, 세상에 더없이 무서운 매개체로 나를 휘어 감고 있었다.

아침이 몹시도 기다려지는 시간이 연속적으로 이어지고 있었다. 우리 형제에게 있어 아침은 구원의 빛이었다.

한밤 내내 가슴이 졸아든 듯 무섭다가도 새벽만 오면 거짓말처럼 그 무서움은 사라지고 말았다. 빛과 우리에게 유착된 공포가 반비례하는 날들이 한동안 더 이어진 후 어머니의 광기스런 표정이 조금씩 조금씩 정상으로의 변화를 가져오고 있었다. 예전과 같은 위치로의 변화였다. 나는 더 이상 무서워할 필요가 없었으며 무섭지도 않았다. 내 허리께를 붙잡고 잠들던 동생도 더 이상 무서워하지 않았다. 그러나 아버지가 계시지 않는다는, 세상에서 가장 큰 기둥을 잃었다는 상실의 흔적은 날이 갈수록 깊은 음영을 드리우고 있었다.

마을사람들과 친척들이 거의 모두 우리 집을 다녀가고 그로 인해 한동안 어머니와 내가 분주를 떤 후 더 이상 다녀갈 친척들도 없어지자 집안은 적막과 고요가 동시에 자리하기 시작했다.

아버지가 없다는 사실을 실감하기 시작했다. 만나는 마을사람들의 눈빛이 우리를 향하여 측은한 눈빛을 담아 건네주곤 했다. 특히 나이 드신 분들은 혀를 끌끌 차시며 우리를 몹시도 궁휼히 바라보시곤 했는데 처음엔 그러한 것이 싫지 않았으나 차츰차츰 나는 그 눈빛을 피하기 시작했다. 그것은 한순간 내게 부담으로 짓눌려 왔던 것이다. 동철이는 마을사람들의 그러한 눈길을 알지 못했다.

아버지의 부재시간이 길어지자 동생은 아버지가 보고 싶다고 말했다. 나도 견디기 힘겨울 정도로 아버지가 보고 싶었지만 그럴수록 아무 말도 하지 않았다. 아버지가 보고 싶다고 아무리 떼를 써봐도 볼 수 있는 아버지가 아니란 걸 나는 알고 있었다. 그러나 동생은 아버지가 예전처럼 보고 싶을 때 마음대로 볼 수 있는 곳에 항상 존재하시는 줄 알고 있는 듯했다. 간혹 어머니의 눈을 피해 '성아야, 아버지는 언제 오는데'라고 자신의 속내를 드러내 역시나 어린 내 가슴에 우울한 그림자를 만들게도 했다. 하지만 나는 한 번도 동생에게 아버지가 돌아가셨다고 말하지 않았다. 죽음이 무엇인지, 죽음이 어떤 것인지 알 리 없는 동철이에게 아버지의 죽음을 말하고 싶지 않았던 것이다. 그것이 무서운 것이란 것 외에 더 이상의 무엇을 의미하는 것인지 설명할 능력이 내게 존재하지 않았기 때문이었다. 그것은 초등학교 2학년짜리가 유지할 수 있는 태도가 아닌 대단히도 대견한 태도였다. 그런 것이 어른스러움인진 알 수 없었지만 슬픈 만큼 나는 말을, 표정을 아꼈다. 왠지 그렇게 하는 것이 우리들에게 못 오시는 아버지의 마음을 편하게 하는 것으로 생각되어서였다.

아버지에 대해 동생은 정말 아무것도 알지 못하는 듯했다. 예전처럼 얼마간의 시간이 지나면 당연히 돌아오실 아버지로 믿고 있는 듯했다. 일 년의 대부분을 그렇게 생활해 오신 아버지였고, 그렇게 관계되어온 가족이었기 때문이었다. 여섯 살, 어린 나이라고는 하지만 우리 가족에게 발생한 그 커다란 변화를 전혀 알지 못하는 동생을 위해 나는 유일한 형으로서 내 자리를 지키고자 했다.

나는 어린 나이임에도 이제부터 우리는 어떻게 살아야 하느냐는 명제로 간단 간단히 짧은 시간 고민해야 했다. 나이에 어울리지 않는 생각이라선지 나 스스로조차 기특해했다. 물론 아버지가 계실 때도 어머니가 공장엘 다니셨지만 어머니가 공장에서 벌어 오는 월급의 액수는 실로 얼마 되지 않는다는 걸 나는 알고 있었던 것이다. 그러나 아버지의 부재로 우리들의 생활에 어려움이 올 것이란 나의 추측은 들어맞지 않았다. 아버지가 계실 때와 다름없이 우리들의 생활은 계속 그렇게 영위됐고 또한 조금도 궁색한 기색이 엿보이지 않았다. 오히려 어린 나 혼자만의 기우를 묵살시키려는 듯 어머니는 공장생활을 그만두고 시장 자리에 조그마한 식당을 얻어 장사를 시작했다. 아버지의 실종으로 얻어진 얼마쯤의 위로금과 격려금, 그리고 이러저러한 명분으로 들어온 금전 모두를 모아 차린 우리 가족의 생명이 담보된 식당이었다. 아버지가 계실 때는 상상도 할 수 없었던 몹시도 발전된 과정이었다.

장사를 시작하신 직후 어머니는 우리들에게 저녁밥 먹을 때를 제외하곤 일절 식당 출입을 금지시켰다. 어머니의 명령이었다. 한낮 동안 나는 학교에 가면 그만이었지만 아직 학교에도 갈 수 없는 동생 동철이가 걱정이었다. 하지만 나의 그런 기우를 알고 나 계신 듯 어머니는 동철이를 유치원에 보냈고 동철이는 그것을 좋아했다.

다행한 일이었다. 어머니가 항상 힘들어하시던 공장에 계속 나가지 않아도 된다는 것이 다행이었고 동생 동철이가 혼자 심심한 시간을 보내지 않아도 된다는 것이 다행이었고, 그러한 나의 기우를 모두 해소할 수 있다는 것 또한 다행이었다. 아울러 하굣길에 어쩌다 한 번 어머니에게 들릴 때면 식당 안은 몇 개 안 되는 좌석이었지만 이러저러한 손님들로 빈자리가 없을 만큼 장사도 잘되는 것 같아

더욱 다행한 일이 아닐 수 없었다.

어머니가 장사를 시작하신 후 우리 형제는 어머니의 얼굴을 볼 수 있는 시간이 점점 줄어들고 있었다. 처음에는 식당 문을 닫고 곧바로 집으로 오시는 것 같던 어머니의 발길이 차츰차츰 늦어지는가 싶더니 어느 날 밤엔 술에 취한 모습을 나의 가슴에 보여주기도 했었다. 어머니의 그 모습은 내가 눈으로 확인한 것이 아니라 나의 가슴으로 확인했던 것이다. 처음 보는 어머니의 그 모습은 어린 내 가슴에 알지 못할 불안함을 안기는 계기가 됐다. 그 불안의 형체가 어떤 것인지를 알지 못해도 내 가슴은 편하지가 않았던 것이다.

아버지의 부재로 야기된 우리 세 식구의 어두웠던 얼굴이 조금씩 펴지고 있었다. 아버지가 계시지 않는다는 사실을 제외하고 나면 달라진 건 오히려 알게 모르게 약간의 풍요로움 같은 기분을 느낄 수 있다는 것이었다. 나는 그러한 것이 싫지 않았다. 아버지를 잃고 얻은 약간의 풍요가 싫지 않다는 건 참말로 어불성설이었지만 호악(好惡)은 언제나 인간의 곁을 맴돌며 인간에게 그 내용들을 구분 짓게 하지 않았든가.

오늘도 어머니는 평시보다 늦게 들어오셨다. 나는 자는 체를 했다. 학교에 다니기 시작한 후 나는 언제나 밤늦도록 공부를 했었는데 그런데 지금은 그게 아니었다. 시간이 지나면서, 어머니가 식당에서 평소보다 늦게 집에 오시기 시작하고서부터, 아니다 어머니의 입에서 술냄새가 나고서부터 나는 늦게까지 공부를 하지 않았다. 그 이유를 나 자신도 알지 못했다. 다만 어머니를 기다리면서까지 공부에 매달리고 싶은 생각이 없었을 뿐이었다. 처음엔 그런 나를 향해 '동근아, 엄마 왔다. 벌써 자나?'라며 애써 나를 깨우곤 했었는데 이제는 그런 과정마저 생략된 채 불을 끄고 잠자리에 드시는 어머니였다. 그런 날은 나나 동철이나 모두 어머니의 얼굴을 보지 못했다. 원래가 저녁잠이 많은 동철이는 거의 매일 어머니의 얼굴을 보지 못하고 잠든 데비해 나는 깊은 잠에 빠진 듯 또는 가성으로 잠들어 의도적으로 어머니의 얼굴을 보지 않으려 했던 것이다. 나이에 어울리지 않는 태도임을 모르지 않았다. 하지만 왠지 그렇게라도 해야만 될 것 같은 생각이 들었다. 그렇게 행동하는 것만이 집으로 오지 못하시는 아버지에 대한 예의며 도리이고 부자지간의 의리일 것 같기도 했다. 그러한 나의 행위가 어머니에게 미안하다는 생각도 함께 들었지만 아버지를 생각하는 마음이 내 심중에서 더 크게 자리 잡고 있었던 것이다.

어머니의 귀가 시간은 점점 늦어 어느 무렵부터는 나역시 어머니의 귀가를 알지 못하고 잠들곤 했다. 나에게 어머니를 기다리는 마음이 있음을 나는 그때 알았다. 기다리다 잠이 들면 어느 시점에서 눈을 떠 어머니의 귀가를 확인하고서야 나는 다시 깊은 잠에 빠질 수 있었던 것이다.

어머니가 술에 취해 오시는 날이 점점 늘어나고 있었다. 나는 그것이 싫었다. 왜 저렇게 술을 드시는 것인지 알 수 없었다. 아버지가 계실 때는 아버지가 같이 한잔하자고 권해도 극구 사양하시던 어머니였다. 우리는 어머니가 술을 드실 줄 모르는 것으로 알고 있었던 것인데 아버지가 계시지 않고부터 어머니는 술에 취한 모습을 내게 자주 보이셨다. 무엇이 어머니를 저렇게 변하게 하고 있는지 참으로 궁금하지 않을 수 없었다.

아버지가 계실 때처럼 어머니가 일찍 오셔서 우리와 놀아준다거나 우리에게 맛있는 것을 해 준다거나 예전처럼 동생과 함께 시장 구경도 다니고 했으면 얼마나 좋을까 하고 나는 생각했다. 그러나 어머니는 우리의 그러한 바램을 완전히 외면한 채 식당일에만 주력하시는 듯했다. 어머니와 함께 시간을 나눌 수 있는 기회는 그만큼 우리에게 없었다. 우리 세 식구가 세 끼니의 식사를 걱정 없이 해결할 수 있는 유일한 방법임을 모르지 않았지만 나는 세 끼니 식사를 해결하는 것에 만족해하지 않았다. 그리고 어머니가 술에 취하시는 것이 싫다는 내 의사를, 내 생각을 한마디도 말하지 못했다. 시간이 흐르면서 왠지 모르게 어머니가 두려워지고 있었기 때문이었다. 어머니와 얘기도 나누고 싶고, 다른 친구들처럼 어머니에게 어리광도 부리고 싶었지만 그러한 것은 우리에게 허용되지 않았다. 어머니와의 거리가 조금씩 조금씩 멀어지고 있음을 느낄 수 있었다. 어머니와 대화를 나눈 지가 얼마나 오래전의 일인지 까마득한 옛날 일로 기억되어 졌다. 우리들이 어머니와 대화를 한다는 것은 거의 불가능한 일이기도 했다. 그만큼 우리들은 어머니로부터 소외되고 있었던 것이다.

나는 학교 운동장에 남아 늦도록 친구들과 놀거나 때론 교실에서 혼자서라도 시간을 채우다 몹시 시장기를 느낄 때쯤에야 어머니를 찾아가 허기진 배를 채우는 시간을 늘려 갔다. 그럴 때면 일찍 집으로 가 혼자 있는 동생을 돌보지 않는다고 어머니로부터 야단을 들었지만 나는 개의치 않았다. 나는 차츰차츰 어머니로부터 떠나고 있는 나 자신을 발견하고 있었다. 그러나 아홉 살 어린 나이의 육신이 어머니를 떠날 수 있는 세계란 어디에도 없었으며 또한 완전한 떠남이란 더더욱 있을 수 없는 일이었지만 어쨌든 나의 마음은 어머니를 떠나고 있었던 것이다.

어머니를 기다리는, 잠재된 내면의 기다림이 나에게서 완전히 떨어져 나갈 무렵의 어느 날 밤, 방광에 가득 찬 소변을 배설하고자 눈을 떴을 때 어머니가 그때까지도 귀가하지 않았음을 나는 내 눈으로 확인해야 했다. 이미 문살에 여명이 자리 잡은, 아침이 가까운 시간이었다. 지난 시절, 나와 동철이가 우리 둘만의 세계에 갇혀 공포와 두려움에 떨던 그러한 순간이었지만 왠지 나는 무섭지 않았다. 우리들에게 아버지의 부재가 현실적으로 인식되고, 아버지의 부재를 인정하지 못하던 어머니의 가슴 메임으로 인한, 그리하여 어머니가 우리 형제를 돌보지 못하던 그때 그 두려움과 공포 따위는 내 가슴 어디에도 존재하지 않았다.

어머니는 아침이 돼서야 돌아왔다. 나는 자는 체를 했다. 어머니는 내가 우려하던 술 취한 모습은 아니었다. 그러나 나의 실눈에 잡힌 어머니는 선잠을 깬 듯한 부스스한 모습이었다.

동철이는 아직 잠에서 깨지 않고 있었다. 어머니는 동철이가 덮고 있는 이불을 턱밑까지 올려 덮어주고는 부엌으로 가 조반 준비를 시작하는 것 같았다. 나의 감각은 그러한 어머니의 일거수일투족을 쫓고 있었다. 잠시 후 부엌에서 그릇 부딪는 소리가 들려오고 쌀 씻는 소리가 들려왔다. 도마와 칼 부딪는 소리는 마치 삼삼칠박수 소리처럼 리듬을 깔고 들려왔다. 그때 뻐꾸기가 촤르르르 소리를 내며 문을 열고 나오고 있었다. 나는 속으로 하나 둘 셋 셈을 세며 아울러 손가락도 꼽고 있었다. 넷 다섯 여섯 일곱. 뻐꾸기는 그만큼의 울음을 토해내고 또 촤르르르 소리를 내며 문을 닫고 있었다. 이불 속에서 조금 더 뒹굴 수 있는 시각이었다. 평소대로라면 삼십 분은 더 여유를 부릴 수 있었다.

언제나 그랬었다. 일곱 시 반에 나 스스로 일어나든가

아니면 어머니가 깨웠었고 잠에서 깨면 등교 준비와 조반을 끝내고 여덟 시 이십 분을 전후하여 나는 등교를 위해 집을 나섰던 것이다.

"동근아 일나라. 핵교 갈 시간이다."

조반 준비가 끝났는지 부엌문을 열고 어머니가 나를 깨우고 있었다. 나는 대답하지 않았다. 왠지 어머니에게 반항이라도 하고 싶은 심정이었다. 나는 계속 자는 체를 했다. 그렇게 하는 것이 어머니에게 반항하는 것이라는 생각이 들었기 때문이었다.

"동근아, 어서 일나. 핵교 시간 늦겠다."

어머니의 음성이 약간 높은음으로 변했다. 나는 그제야 깬 양 눈을 비비며 자리에서 몸을 일으켰다. 그런데 왠지 선잠 깬 아이처럼 자꾸 울고 싶어졌다. 기분이 엉망이었다. 아침부터 왜 이러는지 알 수가 없었다. 아침상을 앞에 놓고도 내 기분은 펴지지 않았다. 어머니의 얼굴을 대면하기도 싫었다. 어머니와 나를 번갈아 쳐다보며 동철이가 무어라고 말을 걸었지만 나는 아무런 말을 하지 않았다. 내 가슴은 꼭 무언가에 속은 것 같은 느낌만 팽배할 뿐 그 실체도 규명되지 않고 있었다.

"와? 어디 아푸나? 약 사주까?"

입을 닫고 있는 나를 향해 어머니가 관심을 보이고 있었지만 나는 그마저도 싫었다. 모든 것이 싫었다. 어머니도 싫고, 동철이도 싫었다. 아침밥도 싫고, 학교도 싫었다. 공부도 싫고 출세도 싫었다.

음식물이 목구멍을 타고 내려갈 리 없었다. 밥알 몇 수저를 뜨다 말고 나는 냉수 한 사발을 몽땅 들이켜고 등교를 위해 집을 나섰지만 등교하기도 싫었다. 세상의 모든 것이 싫기만 했다.

나는 학교 쪽으로 가지 않고 반대 방향으로 걷고 있었다. 아이들이 등교를 위해 가는 방향과는 반대 방향이었다. 가는 도중 친구도 만나고 같은 학교 학생들도 만났지만 나는 개의치 않았다. 나는 오로지 자의식을 앞세우고 바다가 보이는 방향으로 걸음을 옮기고만 있을 뿐이었다.

바다는 멀지 않은 곳에 있었다. 한참 후 눈앞에 바다가 펼쳐지자 왠지 눈물이 나려 했다. 나는 바다를 향해 마음속으로 아버지를 불렀다. 그 소리는 가슴의 살갗을 도려내는 듯 심하게 아려왔다. 마음속으로 아버지를 부르고 또 불렀지만 가슴에 전해지는 아버지의 대답은 한마디도 없었다.

자꾸 눈물이 나려 했다. 어머니가 아버지를 아주 잊고 있는 것 같다는 생각에까지 미치자 아버지가 몹시도 불쌍해졌고 반대로 어머니가 말할 수 없이 미워지기만 했다. 왠지는 몰라도 어머니가 말할 수 없이 밉기만 했다.

나는 기어코 학교에 가지 않았다. 친구들이 학교에서 열심히 공부할 시간에 나는 수평선이 훤히 내려다보이는 언덕에 앉아 눈뿌리가 아플 때까지 바다를 보고 또 보고 있었다. 그러면서 나는 아버지를 생각했다. 참으로 인자하신 아버지였었다는 것만이 내 안에 고스란히 남아 있었다. 그런 아버지를 나는 한 번도 잊어본 적이 없었다. 영원히 내 가슴에서 떠날 수 없는 아버지였다. 그런데 어머니는 왜 아버지를 잊고 계시는지. 왜 아버지에 관한 말씀을 한마디도 않으시는지, 나는 궁금했다. 간혹 동철이가 아버지에 관한 얘기를 할라치면 어머니의 말 막음이 자심해 우리 형제는 어머니가 계신 자리에선 아버지에 관한 얘기를 가급적 피해 왔던 것이다.

그날 이후 나는 몇 번 등교하는 걸음을 엉뚱한 곳으로 돌리곤 했었다. 나의 그 비정상적인 행동이 어머니의 눈을 속이는 것이었고, 어머니의 눈을 속인다는 것에 일면 야릇한 느낌과 형언 못할 쾌감이 들기도 했다. 그러나 등교를 포기하고 종일토록 아버지를 품고 있는 바다를 바라보는 것도 오래 지속할 수 없는 일이 되고 말았다. 담임 선생님의 방문이 있었던 것이다.

선생님의 방문을 받고서야 아들의 결석을 알게 된 어머니는 중치가 막히신다는 듯 아무 말도 못 하신 체 푹푹 한숨만 내 쉬고 계셨다.

나는 두려웠다. 선생님이 가시고 나면 이유 없는 나의 결석에 대해 회초리를 들 어머님이 무서웠다. 아버지가 부재된 후 어머니는 우리 형제에게 꾸중하시는 일과 회초리 드시는 기회를 늘려 가고 있었던 것이다.

선생님은 몇 마디 당부와 주의를 남기고 돌아가셨다. 선생님의 주의 중에는 결석이 더 늘면 학급반장도 다른 아이에게 시킬 수밖에 없다는 것도 포함돼 있었다. 어머니는 시종 굳은 표정으로 의자에 앉아 계셨고 나는 고양이 앞의 생쥐처럼 고개를 들지 못하고 어머니 앞에 앉아 무릎을 꿇고 있었다.

짧은 침묵이 흐르고 있었다. 그러나 그 찰라의 순간도

짧은 게 아니었다. 고개를 숙이고 있는 내 앞에서 무슨 생각을 하고 계시는지 어머니는 끝내 아무런 말씀도 하지 않으시다가 '집에 가거라'라고 짧게 한 음절을 뱉어내시곤 더 이상 말씀을 뱉지 않았다. 두려움의 무게가 공포로 바뀔 때쯤의 침묵이 흐른 후였다.

　나는 얼른 일어나지 않았다. 이것이 내가 저지른 잘못에 대한 벌일 수는 없는 것으로 생각하고 있었던 것이다. 아울러 내 심중 깊은 곳에 침전된 반항기 같은 기질이 약간의 오기를 부리기도 했다. 차라리 심한 꾸지람이라도 들었으면 좋겠다는 생각도 했다. 왠지 징벌이 끝나지 않은 듯한 찝찝함이 나를 에워싸고 있기도 했었다.

　"집에 갔다가 동철이 데리고 저녁밥 먹으러 와라."

　아들의 반항심을 알 리 없는 어머니는 내가 자신의 잘못을 자책하고 있는 것이라 생각하는 듯했다. 아무런 꾸지람을 하지 않아도 내 죄를 내가 알고 있는 것이란 어머니의 생각, 그러나 그것은 천만의 말씀이었다. 식당을 나서며 오히려 나는 어머니의 가슴을, 마음을 상하게 해드렸다는 것에 대해 쾌감을 느끼고 있었던 것이다.

　저녁녘이 지나고도 식사를 위해 나는 식당으로 가지 않

앉다. 대신 동철이만 어머니에게 가라 일러 놓고 나는 친구네 집에 공부하러 간다는 핑계를 둘러대고 다시 바다가 보이는 곳으로 갔다. 자연의 빛이 모두 사라진 바다는 온통 아버지의 얼굴로만 덮여 있었다. 아버지의 얼굴을 보자 눈물이 핑 돌았다. 흐느껴 울고 싶었지만 아버지가 울면 안 된다는 듯 말씀하시는 것 같아 나는 참으려 애썼다. 아버지가 나에게 힘을 내라고 하시는 것 같았다. 용기를 잃지 말라고 격려하시는 것 같기도 했다. 나는 마음속으로 '예'라고 했다. 한참 후 아버지는 어둠 저편으로 사라지고 다시 먹빛 같은 바다만 내 가슴에 슬픈 너울을 안기며 밀려들고 있었다.

선생님의 가정방문이 있은 후로 나는 결석하지 않았다. 밤바다에서 아버지를 만나 아버지와 약속한 내 안의 결심 때문에 나는 모든 것에 더 열심을 떨었다. 그러나 어머니를 뵙는 건 의도적으로 피하려 했다. 어머니를 만난다는 것에 왠지 부담을 느끼고 있었다. 어린 나이에 어울리지 않는 부담이라는 어휘는 꽤 오랜 시간 내게 유착돼 있었다.

아버지의 부재가 있은 지 일 년을 넘기고 있었다. 지난 일 년 사이 우리 가족을 스친 일련의 사건들은 시공을 초월한, 대단한 변화를 몰고 왔다. 무엇보다 우리 집은 늘 비어 있는 느낌이었다. 마치 아무도 살지 않는 빈집처럼 적막했고 때론 괴괴한 기류가 맴돌기도 했다. 나와 동철이는 그러한 기류와 분위기의 형태를 알지 못하면서도 집을 기피했다. 어쩌면 어머니도 그러한 기류와 분위기가 부담이 돼 집을, 우리들을 외면하고 있는 것인지도 모를 일이라고 나는 생각했다.

지난 일 년, 어쨌든 어머니는 바빴다. 그만큼 장사가 잘된다는 것인지는 모르겠으나 어쨌든 우리를 돌볼 수 없을 만큼 바쁜 것이라 생각했다. 잠시 내 안에 존재했던 반항심에 의해 결석을 한 나의 방황이 있었지만 그것도 일시적 현상으로 이미 치유됐으며 동철이는 아무런 탈 없이 잘 자라고 있었다. 그러나 내 가슴 깊은 곳에 자리하고 있는 어머니에 대한 불만은 좀처럼 수그러들지 않았다. 내가 바라는 바를 어머니가 수용해 주셨으면 좋으련만 어머니는 그러한 나의 속내를 조금도 알려 하지 않은 듯했다. 계속해서 늦게 집에 오시는가 하면 거의 술에 취한 모습이었고 때론 내가 학교에 갈 시간이 돼서야 오실 때도 있었다. 그런 날의 어머니가 나는 더더욱 싫었던 것이다.

어머니는 우리들 앞에서 담배도 피우셨다. 아버지가 안 계신 일 년 사이에 변한 행태였다. 그러한 어머니를 이해하기란 쉬운 일이 아니었다. 아니 어머니의 그러한 행태를 나는 이해할 수 없었다. 어머니의 그런 행태를 볼 때마다 내 안에 자리한 야릇한 반항심이 심하게 나를 괴롭혔지만 밤바다에서 만난 아버지와의 약속 때문에 나는 나 자신의 환경에 충실해지려 했다.

뻐꾸기시계가 우는 소리에 나는 눈을 떴다. 일요일이라 실컷 자려고 마음먹고 있었는데 웬일인지 귀신에 홀린 듯 내 눈이 뜨여졌던 것이다. 눈을 비비고 나는 어머니의 자리를 봤다. 어머니는 당신의 자리에 계시지 않았다. 최근 들어 빈번해진 일이었다. 시곗바늘은 일곱 시를 가리키고 있었다. 잠의 세포가 채 빠지지 않았는지 하품이 났다. 다시 누울까 생각하다가 나는 밖으로 나섰다. 수평선 너머에서 떠오른 태양이 구름 사이로 모습을 드러내고 있었다. 하늘엔 군데군데 약간의 구름이 덮여 있었고 구름 사이사이로 스펙트럼 같은 빛의 줄기가 곧게 내리비치고 있었다.

갑자기 바다가 보고 싶어졌다. 내 가슴속으로 아버지가 찾아오신 것이었다. 아버지는 웃고 계셨다. 참으로 장하다는 듯 아버지는 내 등을 토닥토닥 두드려 주시는 듯했다. 일찍 일어난 몇몇 마을사람들이 일터로 가기 위해 제각기 움직이고 있었다.

왠지 우울했다. 까닭도 모른 채 가슴이 답답했다. 나는 언덕 아래께로 시선을 돌렸다. 만약 어머니가 집으로 오신다면 이 시간 때쯤에 오실 것이란 생각이 들어서였다. 밤새 집으로 오시지 않은 어머니는 몇 번을 제외하곤 거의 남의 시선이 닿지 않는 시간에 오셨었는데 그에 비하면 오늘은 이미 오실 시간이 지났던 것이다. 하지만 늦어도 어머니는 오실 것이었다. 우리들에게 조반을 지어주실 어떤 의무 때문에라도 어머니는 집에 오셔야 했던 것이다.

내 시선이 어머니를 기다리느라 언덕 아래께를 주시하기 시작한 얼마 후 어머니가 한쪽 손에 작은 보따리를 들고 언덕을 오르고 있는 것이 보였다. 나는 어머니의 손에 들린 작은 보따리가 우리들의 아침 식사에 필요한 반찬재료들일 거라고 생각했다. 그러나 나의 짐작과는 달리 어머

니의 손에 들린 것은 우리 형제에게 입힐 몇 점의 옷가지
였다.

"그 옷 벗고 이 옷 입어봐라. 진즉에 사줬어야 했는데."

아침부터 우울했던 마음이 새 옷 한 벌로 기분이 전환
되는 듯했다. 그러나 그러한 기분도 오래 지속되지 않았다.

동철이는 아직 잠에서 깨지 않고 있었다. 어머니는 동
철이 옷도 사 오셨는데 동철이가 입어보고 얼마나 좋아할
지 궁금하기도 했다.

"동철아! 일나라. 어서 일나 새 옷 입어봐라."

어머니는 동철이를 깨우셨다. 잠의 끝머리에 취해 있는
동철이는 쉽사리 눈을 뜨지 않았다. 어머니가 몇 번이고
흔들어서야 잠을 깬 동철이는 새벽부터 무슨 일이냐는 투
의 표정으로 어머니를 쳐다보고 있었다.

"어서 일나 새 옷 입어봐라."

새 옷이라는 소리에 정신이 드는지 동철이는 일어나며
옷부터 손에 들었다. 동철이도 주저하지 않고 새 옷을 입
었다. 내 옷도 동철이의 옷도 모두 다 잘 맞았다. 우리 형
제가 입고 있는 새 옷에는 친구들이 자랑하는 유명회사의
상표도 붙어 있었다.

잠이 채 다 깨지 않았을 동철이는 무척이나 좋아했다.

"잘 맞네. 새 옷 벗고, 머리 감고 낯 씻고, 다시 새 옷 입어라. 오늘은 엄마도 식당 문 닫고 너그카 소풍이나 갈란다."

어머니는 아침부터 소풍이라고 말씀하셨다. 아버지가 계실 때도 가보지 못한 가족 소풍을 가자는 것이었다.

나는 기뻤다. 동철이도 좋아서 어쩔 줄 몰라 했다. 동철이와 내가 머리 감고 세수하는 사이에 어머니는 야외에서 우리가 먹을 음식을 장만하고 계셨다. 어머니는 한참을 걸려 음식을 장만했다. 우리들이 머리를 감고 세수를 끝내고 나서도 어머니의 음식 장만은 계속되고 있었다. 그 시간은 길었다. 음식 장만은 대충하고 어서 소풍을 떠났으면 좋으련만 어머니는 우리들의 마음을 모르시는 듯했다. 동철이도 지루한지 자꾸 어머니가 계시는 부엌 안으로 얼굴을 들이밀고 있었다.

"다 됐다. 쪼메만 기다려라."

여느 때 없이 어머니의 말씀은 부드러웠고 표정 또한 밝았다. 우리는 신이났다. 아버지가 안 계시고 언제나 침울해하시던 어머니였고 그로 인해 더욱 마음이 무거웠던 우리들이 아니던가.

음식 장만을 다 하신 어머니는 당신이 아끼시든 그릇들에 그 음식들을 담으셨다. 내 시선에 잡힌 음식들은 왠지 대단히 많아 보였다. 저 많은 음식을 우리 세 식구가 어떻게 다 먹지 하는 기우도 있었다. 그러나, 어쨌든 나는 좋았다. 너무 좋아 말로 그 기분을 다 표현할 수조차 없었다. 너무 즐거운 나머지 동철이는 팔짝팔짝 뛰면서 앞서 가고 있었다. 어머니가 들고 있는 보따리가 너무 무거워 보여 내가 들어드리려 하자 어머니는 괜찮다고 하셨다.

"요 밑에 가면 우리카 같이 갈 분이 있다. 벌써 오셨을 끼다."

어떤 망설임 같은 어투로 어머니는 말씀하셨다. 그런데 함께 갈 분이라니, 도무지 이해가 되지 않는 말씀이었다.

우리가 언덕 아래 한길로 내려가자 어디선가 아주 짧게 자동차의 경적이 울리고 있었다. 어머니는 우리를 그쪽으로 가자고 말씀하셨다. 우리가 자동차 옆에 다다르자 조수석 문과 뒤쪽 트렁크 문이 열렸고 어머니는 자동차의 뒤쪽 문을 열어 주시며 우리에게 어서 타라는 눈시늉을 하셨다. 그런데 열린 문 안엔 우리 앞서 어떤 형이 뒷좌석에 앉아 있었다. 순간 즐거웠던 마음이 일시에 가라앉고 말았다. 나는 망설였다. 그러나 이 어색한 분위기에서 내가 처신할 수 있는 방안은 별달리 없었다.

"어서 타렴. 형이야."

엉거주춤 망설이고 서 있는 내게 운전석의 아저씨가 부드럽게 말씀하셨다. 덩달아 어머니도 어서 타라고 하셨다. 동철이는 이미 차 안으로 몸을 올려놓고 있었다. 나는 더 이상 망설일 수 없었다.

내가 뒷좌석에 엉덩이를 얹자 차는 미끄러지듯 앞으로 나아가기 시작했다. 아저씨가 얼굴을 돌려 내게 미소를 보내주고 있었다. 어머니의 식당에서 몇 번 본 적이 있는 아저씨였다.

침묵이 흐르고 있었다. 아무도 입을 열지 않았다. 시내를 벗어나 고속도로에 오른 차는 쏜살같이 달리고 있었다. 나는 창밖으로 던져놓았던 시선을 거둘 수가 없었다.

왠지 어머니가 야속했다. 어머니가 원망스럽기조차 했다. 난생처음 타보는 자가용이었지만 자리의 어색함과 분위기의 어색함에 내 전신은 수축되고만 있었다. 소풍의 낭만과 즐거움따위는 이미 내 전신을 떠나고 있었다. 오히려 예기치 않은 동행의 등장으로 나는 괴롭기만 했다. 앉아 있는 자리에서 예리한 돌기가 삐죽삐죽 솟아올라 내 전신을 들쑤시고 있는 듯했다. 도중하차할 수 있다면 차에서 내리고만 싶었다. 아니 차 문을 열고 뛰어내리고도 싶었다. 그것이 세상과의 결별이라도 상관없을 것 같았다. 그러나 나는 차문을 열지 못했고 뛰어내릴 수는 더욱 없었다. 무서움이 더 큰 비중으로 나를 지배하고 있었던 것이다.

어머니와 아저씨는 계속해서 무슨 얘긴가를 소근거리고 있었다. 나는 그 소리를 한마디도 알아듣지 못했지만 어머니가 아저씨에게 살가운 게 너무너무 싫었다.

"얘기도 하고 그래. 왜들 말이 없어?"

분위기를 의식했음인지 뒤를 돌아보지 않은 채 아저씨가 말을 했다. 아무도 그 소리에 대응하지 않았다.

"태호가 형이니까 태호가 먼저 말해보렴."

그제야 옆에 있는 형의 이름이 태호란 걸 알았다. 형은 아주 낮은 소리로 '예' 하고 대답했지만 태호 형도 기분이 좋은 것 같지는 같았다.

"앞으로는 태호가 동근이 공부를 도와주면 되겠구나.

동근이가 공부를 잘 한다지?"

아저씨는 시종 서울말을 했다. 외형적 용모도 바닷바람에 찌든 사람들과는 천양지차였다. 이 지방 사람들과는 전혀 다른 모습의 아저씨였다.

아저씨의 질문에 나는 대답하지 않았다. 내가 공부를 잘 한다는 걸 어떻게 알았는지도 궁금하지 않았다. 태호 형이 왜 내 공부를 도와주게 되는 것인지도 궁금하지 않았다. 제까짓 게 알면 얼마나 안다고 싶기만 했다. 나는 은근히 우리학급의 반장이 나라고 자랑처럼 말하고 싶은 충동을 느끼기도 했지만 아무 말도 하지 않았다.

"우리 동근이 공부 잘해요. 반장인 걸요."

나를 대신해 어머니가 자랑해 주었다. 그 말을 하시는 어머니의 말씨도 아저씨의 말씨를 닮아 있었다.

창밖에 시선을 두고 있는 내 뒤통수를 태호 형이 보고 있는 것 같았다. 나는 어깨가 으쓱했다. 그래도 나는 차창 밖으로 둔 시선을 거두지 않았다.

어머니의 배가 불룩해지고 있었다. 벌써부터 그런 느낌이 들었었다. 하루는 어머니의 배가 이상한 것 같아 멀찍이서 유심히 바라봤었는데 어머니의 배는 바가지를 안고 있는 듯 불룩하게 원을 그리고 있었다. 나는 그것이 무엇을 의미하는지 알지 못했다. 그러나 동네사람들의 시선은 범상치가 않았다. 마을 아낙들이 모여있는 자리마다 우리를 향해 수군거리는 것 같았다. 그들의 수군거림의 대상이 우리들임을 느낌으로 알 수 있었다. 좋은 느낌이 아니었다. 우리를 화두로 올린 그들에게 저항하고 싶었다. 그러나 내겐 그들에게 저항할 아무런 힘이 없었다. 마을사람들은 우리를 회피하고 있었다. 그리하여 우리는 그들을 피해야 했다. 온 마을사람들이 작심한 듯 우리를 발견하면 모두들 재잘거리던 입을 닫거나 자리를 해체하곤 했다. 그런 날은 내 가슴에 비수가 꽂히곤 했다. 아울러 그 비수가 날을 세워 언젠가는 내가 당한 모멸감과 존재했던 피해의식을 상쇄하는 계기를 마련할 것이란 생각도 했다.

오래지 않아 어머니의 배는 팽창하다 못해 금방 터질 것 같았다. 어머니는 식당문에 임시휴업이라는 쪽지판을 붙이고 집에서 쉬기 시작했다. 어머니는 집에 전화를 가설하고 그 전화기를 통해 외부와 연락을 취하고 있었다. 어머니가 집에서 쉬자 매일같이 아저씨가 우리 집을 드나들었다. 아저씨는 하루에 한 번, 한 번도 거르지 않고 저녁

늦게 어머니를 보러 오곤 했다. 아저씨가 집에 오면 나는 그 자리를 피해야 했다. 아무것도 알지 못하면서 왠지 그렇게 해야만 되는 것이라 생각했다. 어머니가 밉고 아저씨도 미웠다. 아저씨는 올 때마다 학용품을 사 쓰라면서 내게 용돈을 주셨지만 어쨌든 어머니도 아저씨도 모두 미웠다. 하지만 나의 미움이 그들에게 전달되지는 않았다.

아저씨가 우리 집을 드나들기 시작한 지 얼마 되지 않은 어느 날 밤 어머니는 심한 고통에 시달리기 시작했다. 어머니가 뱉어내는 고통소리에 내가 눈을 떴을 때 어머니는 금방이라도 돌아가실 것처럼 심한 고통에 시달리고 있었다. 그 상황은 어린 내 눈에도 누군가의 조력이 필요한 대단히 급박한 상황이고 순간이었다.

나는 안절부절할 뿐 어쩔 도리가 없었다. 오로지 마음만 동동거릴 뿐이었다. 연락할 곳도, 연락해볼 만한 사람도 없었다. 그런데 그렇게 안절부절하고 있을 때 순간적으로 나의 뇌리를 스치는 사람이 있었다. 아저씨였다. 그러나 나는 아저씨에게 연락을 취할 아무런 대안이 준비돼 있지 않았다. 아저씨의 연락처를 알지 못했던 것이었다. 그렇다고 어머니에게 아저씨의 연락처를 묻고 싶지도 않았다. 그러는 순간에도 어머니의 고통은 지속되고 있었다. 그냥 두면 정말 어머니가 돌아가실지도 모른다는 생각이 들기도 했다.

순간 무서웠다. 어머니가 계시지 않는 우리 형제란 생각할 수 없었다. 아저씨로 인해 야기된 어머니에 대한 나의 미움, 또는 원망스러움이 어머니를 돌아가시게 할 수도 있다는 생각에까지 미치자 갑자기 아저씨가 필요한 사람처럼 생각되었다.

"엄마. 이러시다간 엄마까지 돌아가시겠어요. 어서 아저씨한테 연락하세요."

아무것도 알지 못하면서, 정말로 아무것도 알지 못하면서 나는 처음으로 어머니에게 아저씨를 얘기했다. 쑥스러움도, 미안함도 없이 어머니를 살릴 수 있는 사람은 오직 아저씨 한 사람뿐이라는 생각을 앞세우고.

"금…방……오…실…거…야."

금방이라도 숨이 끊어질 듯 말의 마디마디를 끊으시며 어머니가 말씀하셨다. 고통으로 쩔쩔매시는 어머니를 어쩌지 못하고 나는 옆에서 걱정으로만 어머니를 지키고 있을 뿐이었다. 정말이지 이럴 때 구세주처럼 아저씨가 나타나 주셨으면 좋겠다는 생각이 간절했다.

그때 '동근아!'라며 밖에서 누군가가 나를 불렀는데 그 음성에도 숨이 넘어갈 듯한 긴박함이 베여 있었다.

내가 문을 열기 전에 바깥에서 먼저 문을 열었고 그리곤 누군가가 급하게 방으로 뛰어 들어왔다.

아저씨였다. 방으로 들어오신 아저씨는 서둘러 어머니를 부축하려 했다.

"병원으로 갑시다."라고 아저씨가 말했다.

"벌써 양수가 터졌어요."라고 어머니가 말했다. 양수라는 말이 무슨 말인지 알 수 없는 나는 양수기라는 말을 어머니가 잘 못 말씀하신 거라고 생각했다.

나는 밖으로 나왔다. 내가 곁에 없어도 어머니는 돌아가시지 않을 것이라는 생각이 들어서였다. 아니 아저씨가 어머니를 돌아가시지 않게 하실 것 같아서였다.

나는 문 앞을 떠나지 못한 채 하늘을 보고 있었다. 하늘엔 몇 개의 별들이 반짝거리고 있었고, 서쪽 하늘엔 배가 홀쭉한 달이 외로운 듯한 모습으로 떠 있었다.

"뻐꾹. 뻐꾹. 뻐꾹. 뻐꾹. 뻐국."

뻐꾸기시계가 다섯 시를 알리고 있었다. 어머니의 고통

소리는 계속 쏟아지고 있었다. 참으로 어머니의 고통소리가 심상치 않았다. 간혹 어머니는 숨이 끊어지시는 듯한 통증을 쏟아내시는가 했는데 얼마 되지 않아 방 안에선 갓난아기의 울음소리가 들려왔다. 그리고 아기 울음소리가 들리고부터 어머니의 고통소리는 더 이상 들리지 않았다.

도무지 뭐가 뭔지 모를 일들이 순식간에 회오리를 일으켜 내 주위에서 맴을 돌았고 그리고는 정적이 산안개처럼 깔리고 있었다. 모든 상황이 원점으로 돌아간 듯했다. 아저씨가 지금 우리 집에 있다는 것과 그리고 생경한, 아기 울음소리를 빼고 나면. 그런데 참으로 알 수 없게도 눈물이 내 뺨을 적셨고 그리고는 가슴께로 흘러내리고 있었다.

3

아버지의 아들

엄마와 언니들의 흉중에서 의심으로 맴돌던 아버지의 제금살이가 의심으로만 끝나지 않았다는 걸 안 날, 엄마는 양손에 부여잡고 있던 세상살이를 모두 놓아버리겠다는 양, 천지간이 떠나갈 듯 몸부림을 쏟아냈다. 그것은 기실 발광 이상의 몸짓이었지만 우리들 누구도 엄마의 보기 흉한 그 몸짓을 제어하지 못했다. 훗날에야 알게 된 사실이지만 그날 이후 엄마는 농약사에서 생명에 치명적인 농약을 구입하여 아무도 몰래 장롱 깊숙이 감추어 놓았었는데 어느 날 속옷을 찾던 큰언니의 눈에 띄어 엄마의 예비된 불상사를 제거하게 됐지만 어쩌면 엄마는 처음부터 그 농약을 마실 엄두를 못했을지도 모를 일이라고 나는 생각했다.

"…… 기가 찰 노릇!"

훗날, 엄마는 남편의 제금살이를 누구에겐가 하소연할 때면 언제나 그렇게 한마디를 앞세워서 표현했다. 특히 엄마의 형제인 이모들에게 하소연할 때는 심심찮게 아들 타령이던 아버지의 계획된 저의를 소환했으며 아들을 낳지 못한 죄가 어디 나만의 죄냐고 이모들에게 응원을 구하기도 했었는데 그때마다 이모들은 형부이거나 제부인 내 아버지를 아무렇게나 성토하며 엄마를 위로했다.

나에게는 작은동생인, 우리 집의 다섯 번째 딸이 태어나자 아버지의 부재가 더욱 자심함을 보이셨다. 아버지를 제외하고는 우리 다섯 자매들 역시 불편함을 알지 못하고 지냈었는데 그나마 다행인 것은 일 년에 몇 번, 설이나 추석, 조상님들의 기제사가 있는 날이면 아버지는 집으로 오시곤 했다. 아버지가 외아들이시라 제사는 꼭 우리 집에서 모셔야 한다고 했던 것이다. 그렇듯 제사를 모시기 위해 아버지가 귀가하실 때마다 엄마는 언제 그랬냐는 듯 분주를 떨었으며 하릴없이 우리들 이름을 부르곤 했다. 명절이라는, 시기적으로 해야할 일들이 많았겠지만 엄마의 희열을 볼 때마다 우리들은 너무 많이, 그리고 자주 집을 떠나 계시는 아버지를 이해하지 못했는데 아버지와 엄마 사이에 존재하는 간극에 대해서도 궁금증을 풀어내지 못하고 있었던 것이다.

회사의 규모를 알지 못했지만 아버지가 사장이라는 단순한 이유만으로도 우리 집은 풍족했다. 이유없이 딸들에게 극심하게 잔소리를 해대는 엄마도 여태껏 돈타령을 하지 않고 지내곤 했는데 유별나게 딸들의 용돈 소리에는 잔소리와 함께 민감한 반응을 보여 우리들은 엄마에게 용돈 소리를 하지 않는 걸 불문율로 여기고 있었다. 반면 돈지갑에 헛헛한 바람소리가 들어찰 무렵이면 나는 아무도 몰래 아버지를 찾아가곤 했다. 유독 예뻐하시는 셋째딸의 용돈이라면 아버지는 얼굴색 한 번 변하지 않고 헛헛한 바람소리만 가득한 내 지갑을 소생시켜 주셨기에 나 역시 세상 부러울 게 없었다.

나는 친구들이 많았다. 남다른 씀씀이와 군계일학 같은 두드러진 미모가 친구들을 불러모으는 빌미였겠지만 나 또한 친구들의 리더나 다름없는 위치에서의 존재감을 관리하는데 소홀하지 않고자 노력해야 했기에 지갑의 부피를 염려하는 건 일상이나 다름없었다.

어느 날 나는 지갑의 부피가 얇아진 것을 아침부터 의식하고 있었다. 하굣길에 아버지를 조우하고자 경리에게 전화를 걸었는데 예전없이 한참 만에야 통화가 이루어졌었다. 그날, 경리는 숨을 죽이며 목소리를 낮추었고 오늘은 사무실로 오지 않는 게 좋겠다는 소리까지 했다. 사무실에 복잡한 일이 발생했다는 거였다. 훗날 알게 된 사실이지만 그날은 세무조사가 있었던 것이다.

세무조사란 내게 있어 생경한 단어였다. 간혹 매스컴을 통해 세무조사 소리를 들은 적이 있지만 그것이 내가 아버지를 만나고자 하는, 나만의 사무에 대한 강력한 제어장치임을 알지 못했으며, 그날의 세무조사로 인해 아버지의 회사가 파산할 수도 있다는 사실조차 알지 못했던 것이다. 그러나 아버지 회사에 세무조사가 있었던 날 이후 아버지는 기운을 잃어가고 있었다. 사무실에서 아버지를 조우하는 시간이면, 천사가 얼마나 예쁜지 알 수 없지만 셋째 딸이 천사보다 더 예쁜 것 같다는 직원들의 입에 발린 찬사에 아버지의 미소가 끝 모를 곳을 향하곤 했는데 최근들어 예전의 아버지가 아님을 어렴풋하게나마 느낄 수 있었던 것이다.

"회사가 예전 같지 않다. 부족하겠지만 아껴 쓰거라."

시간이 지나면서 내 주머니에도 바람으로 채워지는 시간들이 잦아지기 시작했다. 이름하여 IMF 무렵이었으리라. 세무조사에 이어진 세계경제의 끝없는 하락이 아버지의 어깨를 한없이 눌러내리고 있는 때였는데 아버지의 그 말씀은 나에게 충격이었다. 멈춤없이 손을 내미는 딸들에게 어렵다는 말씀 한 번 한 적 없으시던 아버지였는데 아버지에게서 건네지는 용돈의 부피가 줄었으며 평소에 하지 않던 말까지 들은 터라 내게는 알지 못할 기우가 생성되고 있었다. 더하여서 도회지에서 대학생활을 영위하는 두 언니와 아래로 두 동생에게도 비슷한 주문이 있었으리라고 나는 짐작하기 시작했다.

천지간이 훈훈하던 시절이 지나고 옷깃 여미는 계절이 돌아오자 우리들의 마음도 을씨년스러웠다. 엄마는 아버지에게서 지급되던 생활비가 줄었다며 목전에 보이는 딸들만 옥죄었다. 특히 아랫동생은 부쩍 심해진 엄마의 잔소리를 그냥 흘려 듣지 않았다.

"엄만 왜 맨날 우리만 들볶아? 우리가 뭘 잘 못했다고 그래?!"

아직 사춘기가 도래할 나이가 아니었음에도 큰동생은 사사건건 저항이었다. 엄마가 네 째에게만 불평과 불만을 나타내지 않고 있음을 모두가 알고 있었지만 큰동생은 엄마의 잔소리를 매번 그냥 흘려보내지 않았다. 아마도 다섯째가 태어나기 전까지 막내 지위를 유지하고 있던 버릇이 나름의 반발과 저항으로 드러난 것일 터였다.

나는 엄마의 심기를 건드리지 않고자 노력했다. 집안 분위기가 예전 같지 않음이 불만이 아닐 수 없었지만 네째를 제외하곤 누구도 목소리를 높여 낼 수 없었다. 그야말로 집안은 알지 못할 시한폭탄을 들여놓은 듯 했다. 내 주변은 불안과 불만이 지속되고 있었으며 천지간은 온기를 잃을 대로 잃어 포도를 거니는 사람들은 한결같이 옷깃 깊숙이 목을 움츠리거나 겹겹이 껴 입은 재킷 주머니 깊숙이 손을 넣은 채 걷고 있었다. 대지에 가득한 한기만큼 우리 집도 온기가 완전히 사라져 있었다. 대학을 졸업한 언니들은 다 큰 여자들이 외지에서 혼자 생활하면 안 된다는 엄마의 벽력 같은 호통과 끊임없는 채근으로 졸업에 맞추어서 차례차례 귀향하여 읍내에다 직장을 구하고 집에서 출퇴근을 하고 있었다. 시간이 얼마 지나지 않아 혼기가 찬 두 언니의 혼사를 위해 매파를 앞세운 중매가 종종 있었지만 엄마는 찾아온 매파들을 한 번도 집안에 들이지를 않았다. 집안 분위기가 화기를 찾아볼 수 없는 것에 대한 흔적을 들키지 않으려는 엄마의 궁여지책은 아니었는지 나는 미루어 짐작했다.

여고를 졸업할 무렵 나는 대학 진학이 허용되지 않음을 알고 있었다. 그냥 주저앉을 수가 없다는 생각에 나는 다짜고짜 아버지를 찾아갔지만 아버지로서도 어찌할 방도가 없는 일이라 했다. 재무구조가 경도돼 아버지의 회사는 이미 회복력을 상실한 난파선임을 내가 목격했던 것이다. 그나마 아버지가 회사를 붙잡고 계시는 건 혹시나를 전제한 미련뿐이었다. 궁여지책으로 두 언니에게 나의 진학에 대한 도움을 요청했지만 언니들은 셋째의 대학 진학보다 아버지의 사업회복에 마음을 할애하고 있음을 전제했다. 나로서는 암담한 시간이었다. 부잣집 예쁜 셋째 딸이라는, 자존감 가득한 수식을 달고 살던 내가 대학 진학을 못 한다는 건 수치스러움과 부끄러움이 앞서는 사건이었다. 결국 나는 아버지가 주선해준 자리에 경리라는 직함을 얻어서 눌러앉을 수밖에 없었다. 나는 이를 갈았다. 삼사 년,

열심히 출근해서 수입을 저축하면 내 손으로 대학을 갈 수 있을 거라고. 그러나 내 안에 눌러 앉혔던 나만의 각오는 더 이상의 진전을 허용하지 않은 체 시간이 흘렀고 두 언니들은 몇 번 선을 본 남자 중에서 선택하여 차례차례 결혼을 하고 집을 떠났던 것이다.

아버지가 집으로 돌아오신 건 그해 설날을 며칠 앞두고서 였다. 명절 제사를 모시기 위해 아버지가 집으로 오실 것이란 기대감을 덜어내지 못하고 있는 시기였다. 난데없는 한파로 인해 초중고교가 임시 휴교를 결정할 정도였고 거짓말을 조금 보태 오줌줄기가 땅에 닿기도 전에 얼어버릴 정도라는, 그해 겨울 최고의 추위를 기록하던 시기의 저녁시간이 한참이나 지난 무렵이었다.

"윤자야! 아버지 오셨다."

강추위를 무릅쓰고 밖에서 무슨 일인가를 하시던 엄마가 내 이름을 부르며 음성을 높였는데 가장 먼저 반응한 건 넷째와 막내였다. 무엇보다 아버지에게서 설 용돈을 받을 수 있게 됐다는 기대감이 앞섰으리라는 생각이 나를 지배했다. 두 동생들의 뒤를 따라 나도 신발을 끌며 대문께로 향했는데 불현듯 나는 내 몸이 경직되는 느낌에 엄마를 쳐다봐야 했다. 엄마도 언제부터인지 고목인 양 우두커니 선 채 말문을 열지 못하고 있었던 것이다. 그야말로 해가 진 지 한참인 무렵에 대문 너머의 실루엣과 뺨을 때리는 한기 등이 일체감을 이루며 우리 가족을 무형의 끈으로 동여매고 있었던 것이다. 어둠에 의해 모습이 선명하진 않았지만 가로등을 등진 아버지의 그림자가 길게 대문 안으로 먼저 들어와 있었는데 아버지의 손에는 우리들이 처음 보는 보스턴 가방이 들려 있었고 또 한 손은 낯선 어린 사내아이의 손을 잡고 있었다. 아버지가 사내아이의 손을 잡은 것인지 어린 사내아이가 아버지의 손을 잡은 것인지는 모호했다. 다만 아버지의 손에 잡힌 어린 사내아이는 내 아버지의 동공에 시선을 맞추고자 전전긍긍하고 있음이 역력했다. 그나마 다행인 것은 두 사람의 행색이 몰골이 아니었으며 설이라는, 시간성이 시사하는, 하룻밤을 묵고자 여인숙을 찾아든 나그네에 근접한 행색이나 다름없었다.

평소와는 다르게 엄마는 겉으로는 아버지의 등장을 환영하는 모습이 아닌 듯 했다. 아마도 손에 잡힌 어린 사내아이 때문이었으리라. 나름대로들 기대하는 바가 있는 우리 세 자매는 엄마와는 반대의 표정들이었다. 다만 굳어 있을 엄마의 표정을 살피지는 못했지만 그렇다고 아버지를 대문 밖으로 밀어낼 사람은 아무도 없는 듯 했다. 그날 미안해 하시는, 계면쩍은 표정을 앞세우신 채 터벅터벅 대문 안으로 들어오신 아버지와 어린 사내아이는 그렇게 해서 우리네와 함께 설을 쇘는데 특이한 것은 아버지의 손에 끌려온 어린 사내아이가 아버지의 권유로 설 제사상 앞에서 아버지와 함께 절을 했다는 사실이었다. 그리고 그야말로 기가 찰 노릇은 설을 쇠고 나서도 아버지와 어린 사내아이는 방구석 한 켠을 차지한 채 원래의 위치로 돌아갈 낌새를 드러내지 않았다는 사실이었다.

한동안 우리 모두는 냉랭했다. 아버지와 엄마 그리고 우리들 세 자매와 원인 파악을 할 수 없는 어린 사내아이가 조각하는 침묵 뿐인 집안 분위기는 행복하지 않음에 근접한 느낌이 분명했다. 아무도 언급하지 않았지만 집안의 냉랭한 공기의 원인은 어린 사내아이임이 자명했지만 아무도 어린 사내아이를 원망하지 않았다. 다만 어린 사내아이가 아버지의 아들일 것이라는 짐작 이상의 상황을 배제하지 못 했었고 누구 한 사람 분위기 반전을 위한 패를 찾아내지 못하고 있었지만 우리들 세 자매는 누구이든 자신들의 굴레를 침범당하지 않겠다는, 드러나지 않은 자신만의 결의에 충실할 뿐이었다.

한동안의 침묵과 분위기를 깬 것은 엄마였다. 잠깐 어디 다녀오신다면 아버지가 집을 비운 사이였다.

"그렇게 냉랭할 것 없다. 너희도 짐작은 하겠지만 너희들 동생이다. 혹시 씨도둑이라도 했는 걸 니 아버지가 속고 있지나 않은가 싶어 그동안 형주를 요모조모 살펴봤는데 속일 수 없는 네 아버지 씨다. 하얀 피부와 곱슬거리는 머릿결이나 웃음기 가득한 눈매가 실토를 하잖느냐. 피를 이어받지 않고서는 저렇게 닮을 수가 없다. 내가 여태껏 입을 다물고 있었지만 제딴엔 아버지를 따라온 것인데 어린 것이 어미 품을 떠나 얼마나 속을 태우고 있었겠느냐?"

형주!

엄마가 공개적으로 처음 호칭한 형주라는 어휘에 힘이 들어 있었다. 엄마는 그렇게 한마디 툭 던져놓고 어린 사내아이에게 또 눈길을 보내고 있음이 역력했다. 엄마와 우리들 세 자매의 눈치를 살피고 있음이 확연한 형주의 용모는 이목구비가 또렷한 귀공자형이었다. 나는 드러나지 않게 혼잣소리로 형주, 형주를 입에 담고 있었다. 아마도 형주의 그 귀염성이 가장 먼저 엄마의 시선을 잡아당기는 촉매가 아니었겠냐고 나는 짐작했다. 더하여서 아버지가 아랫목을 지키고 있는 시점에 나는 엄마가 남편의 또 다른 여자가 낳은 사내아이를 어떻게 대하는지가 사실 궁금했었다. 사내아이에게 있어 계모가 되는지 새엄마가 되는지도 모를 모호한 관계였지만 그간의 눈치로 보아 엄마는 아버지의 아들을 분명 싫어하지 않는 내색을 나타내셨던 것이다. "저 어린 것이 무슨 죄가 있느냐? 어미년이 죽일 년이지"라거나 "그래도 네아버지가 낳아온 자식 아니냐? 홀대하지 말거라. 너희들과 같은 피를 가진 아이다." 따위의 말씀을 내뱉으시는 건 어쩌면 엄마는 첩실의 아이를 이미 당신의 아들로 위치를 둔갑시키고자 결정을 내리신 듯 했다.

같은 피!

나는 엄마의 같은 피라는 소리에 정신이 번쩍했다. 내 아버지 곁을 떠나지 못하고 아버지 옆에서 지속하여 주눅든 모습을 보이던 형주에게 의도적으로 시선을 던졌었는데 형주의 얼굴에 드러난 귀여움이 우리들 자매의 용모를 복사하고 있다는 것에 엄마만큼은 아니더라도 갑자기 가족애 같은 것이 솟구치고 있었던 것이다.

설을 쇠고서 누군가가 출가한 언니들에게 아버지의 귀가와 그에 따른 어린 사내아이의 출현을 얘기했는지 설을 핑계삼아 한 차를 타고서 두 언니가 친정행을 했다. 언니들은 힐끔힐끔 사내아이를 몇 번 일별했었는데 다행한 것은 언니들이 형부들을 대동하지 않았다는 사실이었다. 언젠가는 사실관계가 들통 날 사건이었지만 아마도 친정집의 당장 부정적 상황을 보여주기 싫었을 것이리라 생각되었다. 할 말이 없었는지 아니면 기가 찰 노릇으로 생각하고 있는지 언니들은 하룻밤도 지내지 않고 어둠을 핑계로 돌아갔다. 차에 오르던 큰언니가 내뱉은 말이 "어쩌면 우리와 똑같이 닮았니?"라는 소리에 나는 미소만 지었을 뿐 별다른 표현을 드러내진 않았다.

어린 사내아이와 함께 귀가한 아버지는 한동안 출타를 하시지 않았다. 아버지는 가능하다면 형주를 당신의 눈길이 미치는 범위 밖으로는 벗어나지 않게 하고 계시는 듯했다. 아버지의 그러한 몸짓에는 행복감이 배어 있었다. 평소의 유순하심에 보태어 더 넉넉해진 눈빛이 엄마의 잔소리도 차감하고 있었다. 소문처럼 출근할 회사마저 없어진 것인지 설을 쇠고 음력 정월이 지나 춘삼월이 되었지만 아버지는 안방을 지키고 계셨다. 동네 사람들의 입을 통해서 아버지의 회사가 부도가 났다는 소문이 우리 자매들에게도 전달됐었지만 우리는 오히려 행복했다. 망했다는 것이 무엇을 의미하고 시사하는 것인지 실감할 수 없었다. 대신 아버지는 소일거리라고 생각하신 듯 안방을 떠나지 못하는 어린 형주만을 눈길로 지키고 계심이 확연했다. 그런데 특이한 것은 한창 미운 짓거리를 할 나이의 어린 형주는 기특하게도 미운 짓을 하지 않았다. 보아하니 그 어린 나이에도 이미 눈치라는 걸 알아서 엄마나 우리 자매들이 야단칠 짓거리를 만들어내지 않고 있음이 확연했다. 엄마는 형주가 기특한지 "저 어린 것이 무얼 안다고 벌써 눈치를 보는구나. 형주야! 괜찮다. 여기도 네 집이다. 마음대로 뛰어놀아도 괜찮으니 눈치 보지 말거라." 따위의 말씀을 입에 발린 소리처럼 했다.

설을 쇠고 그해 봄에 아버지는 읍사무소를 찾아가 형주를 호적에 입적하고 주민등록에도 등재를 했다고 말씀하셨다. 나는 아버지 몰래 읍사무소를 방문하여 주민등록등

본을 발급받아서 일기장 속에 감추어 두기도 했다. 다섯째인 막내보다 한 살 어린 형주에 대한 기록에 나도 모르게 '막내?!'라고 읊조리며 미묘한 미소를 짓기도 했던 것이다.

형주는 아버지의 자랑이었다. 우리들 호적과 주민등록에 입적, 등록된 형주는 다음 해에 취학신고를 했고 그렇게 학생이 됐다. 집 가까이의 초등학교에 입학을 하고 등하교를 하느라 집에 있는 시간이 줄어든 형주는 시간이 지나면서 차츰 활기를 나타내기 시작했다. 한마디로 취학 전과 취학 후가 확연히 다른 언행을 드러내고 있었던 것이다. 그러나 또래 친구들과 만남을 시작하면서 형주는 차츰 우리들의 야단을 벌기도 했는데 가장 두드러진 것이라면 입고 있는 의복이 사나흘도리로 분탕칠을 하고 귀가한다는 사실이었다. 하지만 엄마는 형주에게 잔소리를 한다거나 야단 치는 법을 몰랐다. 밖에서 옷을 더럽힌 형주에게 나나 아래동생이 야단이라도 칠려고 눈치를 보일 때면 "관둬라. 또래들이 죄다 그렇지 별다른 얘가 있다더냐. 밉게 보기 시작하면 점점 더 미워진다."라거나 "저 어린 것이 제 몸 하나 지킬 줄 아는 것도 어쩌면 내겐 큰 힘이다."라며 이해하지 못할 말씀과 함께 형주 역성을 들었다. 씨

앗을 보면 부처도 돌아앉는다고 했다는데 나는 아버지가 밖에서 낳아 온 아들인 형주를 싸고도는 엄마를 이해할 수 없었다.

형주가 학생이 되어 등하교를 시작하자 아버지는 차츰차츰 외출에 재미를 붙이시는가 싶었는데 얼마의 시간이 흐른 뒤 주변의 도움으로 읍내 변두리에 또 회사간판을 달았다고 했다. 새로 설립한 아버지의 회사가 무엇을 하는 회사인지는 알려하지 않았지만 아버지의 얼굴색이 달라지고 있음이 확연했으며 우리는 기뻐했다. 더하여서 예전처럼 집을 비우시는 시간이 발생하지 않는 것에 엄마의 안도감이 나타나고 있는 듯도 했다. 그러나 분명한 것은 형주의 양육에 대하여 아버지가 형주 엄마와 어떻게 정리한 것인지를 말하지 않았다는 사실이었다. 엄마는 아버지를 대신하여 형주 주변을 맴돌고 있음이 확연했다. 아니할말로 형주를 우리네가 키우는 조건으로 얼마간의 금전을 받고 물러난 것인지? 아니면 형주 엄마가 다음에 데려갈 테니 당분간만 형주를 맡아달라고 한 것인지 가타부타 말을 하지 않는 아버지를 향해 엄마가 단도직입적으로 아버지의 무릎 앞에 앉은 날이 있었다.

"형주가 더 크기 전에 단판을 봅시다. 나도 이제 형주와 정이 들어서 어떡할 수 없지만 참말로 더 정이 붙기 전에 결정하지 않으면 나중에 돌이킬 수 없을 더 큰 문제가 있을 것 같네요. 형주를 아주 데려온 겁니까 아니면 형주 엄마가 다시 데려가기로 했습니까?"

"아, 어미가 형주 찾으러 오지 않을 것이니 걱정 말게."

"정말 내 아들로 키워도 된다는 말이지요?"

내 아들! 엄마의 그 언급은 내가 꿈에서도 생각지 못한 말이었다. 남편이 외도하여 낳아서 손에 잡고 들어온 어린사내아이를 아들로 생각하고 있는 내 엄마! 생판 남이나 다름없는 형주에 대한 엄마의 애착이 그토록 짧은 시간에 생성될 수 있다는 사실이 이해되지 않았지만 아버지를 채근하는 엄마의 표정만은 처음 목격하는 진지함이 있었다.

"그렇다니까. 쓸데없는 말을 왜 계속 지껄여?"

"쓸데없는 말이 아니잖아요?"

"…………."

아버지를 상대한 엄마의 담판은 엄마의 삶에 신바람을 일으켰다. 짧디짧은 시간에 엄마나름대로 변화가 도래했음이 드러나고 있었다. 아버지의 제금살이로 속병을 앓아

오던 내 엄마가 당신의 속병보다 고추를 단 아들이 하늘에서 툭 하고 떨어졌다는 아들 소유감에 엄마의 표정은 매일 싱글벙글이었다. 아들 없이 딸만 내리 다섯을 낳은 엄마의 기우와 조상에 대해 죄스러움은 아버지와의 담판에서 춘설처럼 녹아내렸지만 엄마는 그 무렵부터 내 속으로 낳지 않은 아들에 대해 새로운 각오를 다지는 듯 했다.

어느 날부턴가 엄마는 나를 대신하여 형주를 앞세우고 다니셨다. 더하여서 시간이 지나면서 엄마는 "형주야, 형주야!"를 입에 달고 지내셨다. 아마 아들을 낳지 못한 당신 나름의 한(恨)을 그렇게라도 풀어내고 싶었는지 우리로서는 알 수 없는 일이었다.

"형주야! 어딨니? 엄마하고 시장 다녀오자."

아마도 연휴를 겸한 장날이었으리라. 장터라야 집에서 조금 떨어진 지역인데 무슨 일인지 엄마는 아침상을 물리기 바쁘게 설거지를 미뤄놓고 형주를 불렀다. 엄마의 몇 번의 부름에도 형주는 대답이 없었으며 나타나지를 않았다. 엄마는 더욱 목청을 높여 형주를 부르다 못해 목청이 상할 정도였다. 그러나 한참 동안 마을을 순회하고서도 형주를 찾지 못한 엄마는 근심걱정보다 백납같이 무거운 짐작을 앞세우고 대문을 들어서고 있었다.

"윤자야! 형주가 안 보인다. 마을을 이 잡듯 뒤졌지만 아무 데도 없구나. 형주 친구들도 오늘 형주를 보지 못했다는데 혹시 우리 몰래 제 어미가 와서 데리고 간 건 아닌지 걱정이다. 정말 답답하고 속이 타는구나. 빨리 아버지를 찾아서 형주엄마네 주소라도 물어보거라."

휴대전화기가 세상에 태어나기 전이라 그날 엄마는 참말로 호들갑 이상이었지만 이미 출타하신 아버지에게 연락할 수단은 없었다. 아니할말로 고사리 같은 작은 손을 꼭 잡고 자랑인 양, 형주야, 형주야를 입버릇처럼 쏟아내고 다니시던 그 형주가 코빼기도 보이지 않으니 기절초풍인들 못 하시랴. 그런데 공교로운 건 아버지마저 어디를 다녀오신다는 말씀 한마디 없이 그 아침에 일찍 출타를 하셨다는 사실이었다. 엄마는 형주 친구집에 전화라도 걸어보라고 우리를 채근했지만 우리들 중 형주 친구를 알고 있는 자매는 아무도 없었다. 나는 아버지를 찾겠다는 것 보다는 형주를 찾지 못해 안달이신 엄마가 더 걱정이었기에 무조건 겉옷을 걸치고 대문을 나서야 했다. 주말이라 어디가서 친구들과 놀다가 올 터인데 괜한 안달이라고 엄마를 달래기도 했지만 엄마의 걱정과 고집을 이길 수는 없었다.

그날, 엄마는 장날을 기해 형주에게 새 옷을 사 입히고 싶으셨던 것이다. 당신이 마음에 드는 것을 골라서 구입하기 보다는 당사자인 형주가 마음에 들어하는 옷을 사 입히고자 형주를 찾았던 것인데 정작 당사자가 보이지 않았으니……. 엄마가 집 옆의 조그마한 공터에 심어놓은 상추 등 속을 가꾸려고 대문을 나설 때만 해도 형주는 안방에서 잠들어 있었다는데, 대문 여는 소리도 듣지 못했는데 그 어린 것이 일찍 어디로 갔는지 귀신이 통곡할 노릇이라며 엄마는 한숨과 울음이 뒤범벅된 심사를 토해내다가 스스로 걸음해서 파출소를 찾아가 우리 아들이 없어졌다며 실종신고를 했던 것이다.

그날, 하루 해가 저물도록 형주는 코빼기를 보이지 않았다. 엄마는 해걸음 녘에 귀가하신 아버지를 붙잡고 형주가 없어져서 파출소에 실종신고를 했다고 보고 아닌 보고를 했다. 그러나 실종인지 가출인지 불분명한 과정을 들으신 아버지는 너무나도 태연하게 형주의 행방을 언급하셨던 것이다.

"형주가 하도 엄마를 보고싶어 해서 내일 저녁 때까지

만 엄마하고 같이 지내라고 애 엄마한테 데려다주고 왔
다."라고 실토를 하셨는데 결국 엄마는 그 밤을 꼬박 새운
후에야 아버지를 재촉하여 형주 엄마를 만나야 한다며 주
소를 얻어내고 밤잠을 몽땅 빼앗긴 채 아버지로부터 전해
받은 이웃한 도시의 주소가 적힌 메모지를 손에 꼭 쥐고서
나를 앞세워 이른 아침 씩씩하게 출타했던 것이다. 시외버
스를 타고 인근 도시까지 가서는 택시로 환승하면서 엄마
는 아버지에게서 얻어 적은 주소 쪽지를 기사님에게 보여
주시며 가는 길을 재촉했다. 택시에 몸을 실은 엄마는 형
주의 태도도 못내 서운해 했다. 참말이지 제 친어미 못지
않게 지를 보살피며 키우고 있는데 무엇이 서운해서 엄마
가 보고 싶다고 했는지 형주도 이해가 되지 않는다는 거였
다. 그래서 남의 새끼는 금이야 옥이야 키워봤자 아무 쓸
모가 없는 것이라고도 했다.

"윤자야! 건성건성 살피지 말고 찬찬히 찾아보거라. 집
집마다 문패가 안 있나."

형주의 실루엣이라도 찾고자 내 눈길이 던져지고 있는
문패들은 주소가 적힌 문패가 있기도 했지만 오히려 주소
가 적히지 않은 채 이름 석 자만 적혀 있는 문패들도 많아

서 사실 아버지가 적어주신 주소지를 찾는 건 쉽지 않았다. 엄마에게 당신의 삶 그 자체이거나 그 이상인 형주는 그때까지 오리무중이었다.

"찬찬히 찾아보거라. 이참에 형주를 데려가야 내가 살 수 있다. 니 아버지도 그렇지. 그 어린 것이 엄마타령을 한다고 내 의견도 안 물어보고 생모한테 불쑥 데리고 가면 나는 어떨는지 생각도 안 해 보고……."

자신에 대한 분노인지 아버지에 대한 원망인지 구분되지 않는 소리들이 엄마의 발걸음을 떠밀고 있는 듯 했다. 서두르느라 아침밥도 거르고 나온 터라 나는 시장했다. 엄마 역시 시장했을 터였다. 음식점 부근을 지날 때마다 후각을 자극하는 음식냄새들로 나는 차츰 기진하기 시작했다. 서너 걸음 앞서 걷는 엄마를 향해 무엇이라도 조금 먹고 찾아보자고 했지만 엄마는 일언반구도 반응하지 않았다. 아버지에게서 받아든 주소지가 주변에 있을 것이란 확신 때문에 내 발걸음도 멈춤을 사양하고 있었다.

"윤자 누나!"

손에 들린 주소와 문패의 주소를 대조하며 정신을 빼앗기고 있는 즈음에 등 뒤에서 형주의 음성이 쫓아왔다. 앞

서 걷던 엄마의 몸피가 반사신경을 앞세워 내 먼저 형주를
쫓았다.

"아이쿠 형주야. 형주야! 내새끼, 내새끼야!"

형주를 보자 엄마는 아예 실성한 듯했다. 엄마는 형주
의 음성을 듣고 돌렸던 고개가 몸피와 함께 동시반응으로
형주에게 내달렸던 것이다. 길바닥에 선 채 형주를 끌어안
은 엄마는 탄식 외에 아무 말도 하지 않았다. 아니 아무런
말도 할 수 없었던 것이리라.

엄마 품에 안긴 형주는 어찌할 바를 모르는 듯했다. 나
역시 윤자 누나라고 부르던 형주의 그 소리가 얼마나 좋았
던지

"형주야! 엄마가 많이 보고 싶었어?"

엄마의 음성은 코맹맹이 소리였고 엄마 품에서 빠져나
오지 못하고 있는 형주의 시선은 나를 향해 있었다. 내가
다가가서 입을 뗐다.

"엄마! 형주 숨 막히겠어요."

"…………."

오뚝한 콧날 위로 검은 동자와 흰 동자가 예쁘게 조형
을 이룬 형주의 눈길이 내게서 떨어지지 않는 것을 보며

나는 엄마를 채근했다.

"엄마는 어떻게 할 생각이야?"

"뭘?"

"형주를 만났으니 데려가든 어쩌든 결정을 해야할 거 아니야. 얘 생모한테 말도 없이 데려가면 또 얘 생모가 찾을 거잖아. 그리고 잘 못하면 유괴니 어쩌니 하면서 경찰서에 드나들 수도 있고."

"그럼 어떻게 해야 한다니?"

엄마는 당신의 품에서 형주를 풀며 다음 수순을 내게 물었다. 나는 형주를 앞세워서 형주의 친엄마를 만나자고 했다.

"그래서……? 얘 엄마가 내놓지 못 하겠다고 한다면?"

"…………."

엄마의 욕심이 보이고 있었다. 내 엄마였고 우리들의 엄마였던 위치에서 형주만의 엄마로 변한 엄마가 보이고 있었다. 아버지의 아들로 우리들 호적에 입적된, 그리하여 엄마의 아들임이 틀림없는 사실이었지만 엄마의 믿음은 여태까지 확신의 굴레를 떠나 있음이 확연히 나타나고 있었다.

나는 엄마를 설득해야 했다. 내 엄마가 형주를 잃을까 봐 동분서주하시는 것처럼 형주의 생모가 아들이 없어진 걸 알게 된다면 그 파장은 또 어떨지?

"엄마! 이참에 형주 생모한테 아주 못을 박고 갑시다. 다시는 형주를 찾아오지 못하게."

"이것아! 야 어미가 형주를 찾았다던? 저 어린 것이 엄마가 보고싶다고 노래를 불러서 네 아버지가 데리고 왔다고 하지 않던? 엄마가 얼마나 보고싶었으면 노래를 불렀겠니?"

엄마의 음성에는 형주를 향한 애잔함이 가득했다. 세상 물정을 알지 못하는 어린 것을 두둔하고 있는 엄마의 표정은 당신 속으로 나온 내가 관심 밖 인물이나 다름없는 듯했다. 갑자기 내 엄마가 형주만의 엄마로 둔갑한 느낌이었다.

그날 엄마는 형주를 앞세우고 형주의 생모를 만났다. 우리가 아닌, 내가 형주를 더 잘 키울 테니 형주 엄마는 아무 걱정하지 말라며 슬그머니 형주 생모가 깔고 앉은 자리 밑으로 봉투 하나를 밀어넣기도 했다. 더하여서 엄마는 애써 눈물까지 보이며 앞으로 좋은 사람 만나서 좋은 세상을 맛보며 살라고까지 덕담을 건넸지만 과연 그것이 엄마의 진심인지를 나는 알 수 없었다.

눈시울을 찍어내는 형주 생모를 뒤로하고 엄마와 나 그리고 형주는 아무런 탈 없이 집으로 돌아오는 시외버스에 몸을 실었다. 엄마는 달리는 버스 안에서도 형주와만 말을 나누었다. 간혹 자랑스레 여기던 셋째 딸인 나에게도 무슨 말인가를 건넸지만 "예"라거나 "아니"로 답할 간단한 질문 몇 마디가 전부였다. 버스터미널에서 하차하여 택시를 탄 우리는 엄마의 명령에 의해 동내입구로 들어서기 바쁘게 택시에서 내려야 했다. 한참을 더 걸어야 하는, 집과의 거리를 생각하며 불어터진 입으로 내가 왜냐고 물었지만 엄마는 웃기만 했다.

"형주야! 엄마 등에 업히렴."

택시에서 내린 엄마는 무릎을 구부리고 등을 내밀며 형주 앞에서 낮은 자세를 취했다. 아예 형주만의 엄마였다. 엄마는 내 눈치 따위는 안중에도 없는 듯 했다. 형주 또한 앉아서 등허리를 내민 엄마의 등에 스스럼없이 업히고 있었다. 그날 형주는 내 엄마의 등에 업혀 그렇게 집으로 돌아왔다. 형주를 등에 업은 엄마의 모습을 처음 목격한 장면이었지만 내가 알지 못하는 사이에 형주를 업고 다닌 적이 있었는지 그 광경이 생경하지 않다는 것이 내 눈에 비친 엄마와 형주와의 거리감이었다. 무엇이 그리도 즐거운지, 아니면 행복한지 엄마는 연신 형주에게 무어라 말을 건넸고 형주는 엄마의 한 마디 한 마디를 빠트리지 않고 말대답을 했다. 엄마의 등에 업힌 형주는 얼마 못 가서 내 엄마의 등에 머리를 떨구었고 잠든 모습을 보이었다. 우리 집 대문 가까이에 다다르자 엄마의 등허리가 조금 굽은 것을 나는 보았다. 형주를 업고 있는 엄마가 힘들어 보였기에 내가 형주를 업겠다고 제안했지만 엄마는 절대사절이었다.

"아직은 거뜬하다. 뛰어가서 대문부터 열어라."

엄마의 목소리는 억지로라도 지친 기색을 감추고 있었다. 내 엄마에게 언제 저러한 힘과 정겨움이 있었는가를 차치하고라도 아버지와 엄마에게 아들이란 존재가 어떤 것인가를, 더하여서 우리들 다섯 자매에게는 형주가 어떤 인물로 존재할 것인가를 생각하게 하는 계기가 되기도 했다. 나는 단거리 선수처럼 달려가서 대문을 활짝 열어놓고 엄마에게 시선을 맞추었다. 엄마의 얼굴은 솟아오른 땀

으로 범벅돼 있었으나 그보다 더 큰 비중의 행복감을 담은
미소를 천지간으로 흘려보내고 있었다.

4

길고양이
가족 인사

사무실 앞에서 고양이 울음소리가 자심했다. 남자는 경리를 시켜 밖을 내다보라고 했다. 대답과 함께 출입문을 열고 밖을 살피던 경리가 울음 우는 고양이를 쓰다듬으며 배쪽에 눈길을 두며 혼잣소리를 뱉어냈다.

"해산달이 다 됐구나. 밖이 추워서 따뜻한 볕자리를 찾아온 것 같은데 어쩐다니? 여기도 해 떨어지면 추울 터인데."

경리는 고양이에게서 눈길을 거두고 돌이와 남자에게 바깥 내용을 전했다.

"고양이가 만삭인데 따뜻한 곳을 찾는가 봐요. 어쩌죠?"

경리의 어쩌죠, 소리에 남자는 의자를 밀치고 일어나

고양이가 있다는 바깥을 살폈다. 경리의 전언대로 고양이는 사무실 출입문 옆 양지 바른 곳에서 배를 아래쪽으로 내민 채 누워서 짧은 신음을 계속하여 쏟아내고 있었다.

순간 남자는 이미 오래전에 타계하신 어머님을 생각했다.

"사람이나 짐승이나 새끼 뱄을 때는 더 잘 먹어야 혀. 그래야 산모도 건강하고 태어날 새끼도 건강한 법이여."

아마 집에서 기르던 진돗개가 임신을 했을 무렵이리라. 암컷이라 집에 묶어놓고 기르던 개가 어떤 경로로 임신을 했는지 알 수 없었지만 어쨌든 진돗개는 줄에 묶인 채로 아랫배를 통통이 불리고 있었던 것이다.

그 무렵 어머니는 임신한 진돗개에게 지극정성이셨다. 물자가 충분하지 않던 시절이라 어머니는 새벽마다 한참 거리에 있는 어판장에 나가 버려졌거나 또는 운반도중 짐 무리에서 떨어진 생선들을 주워모아 머리에 이고 오셔서는 그것들을 끓여서 임신한 개에게 먹였던 것이다.

남자는 야옹거리는 고양이를 한참동안 내려다 보다가 무슨 생각에선지 고양이의 배를 한 번 쓸어주고는 자기 자리로 돌아와 벗어놓았던 외투를 걸쳐 입고 다시 밖으로 나와 차에 시동을 걸고 어딘가로 달려갔다. 그렇게 달려 남자가 차를 멈춘 곳은 반려동물 용품가게였다.

"길고양이가 곧 새끼를 낳을 것 같은데 필요한 용품들을 챙겨주시고 고양이가 잘 먹는 음식들도 아시는 대로 좀 챙겨주세요."

남자는 결재할 카드를 챙겨들고 펫샵 직원의 손놀림을 주시하며 고양이의 안전한 해산과 새끼들의 안전을 도모할 방법을 생각했다. 그러나 남자가 알고 있는 반려동물에 관한 내용을 아는 것이 별로 많지 않았다.

"제가 고양이에 대해 아는 것이 없어서 그러는데요. 새끼가 태어나면 탯줄은 어떻게 끊고 처리해야 되나요?"

"탯줄은 고양이가 알아서 스스로 끊고 처리하니 걱정 안 하셔도 됩니다. 다만 고양이가 추위를 많이 타는 체질이라 그런 부분들을 조금 신경 쓰시면 됩니다."

남자는 펫샵 직원의 고양이 용품 사용안내를 받고 용품을 담아준 가방을 들고 펫샵 가게를 나섰다. 펫샵 직원의 간단한 안내를 귀에 담으며 남자는 다시 차를 달려 회사로 돌아오며 조금 전에 고양이가 앉아있던 자리께에서 조금 비켜난 자리에 비바람을 피할 수 있는 여백의 공간이 있음을 생각했다. 남자는 펫샵에서 안내받은 용품 사용내용을 경리에게 전하며 경리가 고양이를 돌볼 것을 일렀다. 그것은 명령이거나 지시였다.

경리는 남자가 일러준 대로 고양이가 기거할 집을 볕이 잘 들고 바람을 막을 수 있는 공간에 마련하고 남자가 사들고온 고양이 용품에 사료와 물을 담아 고양이집 옆에 놓아두었다.

남자와 경리의 정성에도 고양이는 쉽게 새로운 집으로 들어가지 않았다. 낯선 환경에 대한 경계와 고양이 특유의 조심성이 전제된 겉돎이었지만 고양이는 매일 한두 차례 남자의 사무실을 찾아와서 사료그릇을 비웠다. 남자는 경리로부터 전해들은 고양이의 동향에 대해 걱정과 안도를 동시에 가슴에 담았지만 차후의 동향을 봐가며 대처할 생각이었다. 그렇게 남자의 사무실 앞을 드나들던 고양이가 어느 날부터 모습을 보이지 않는다고 경리가 전했다. 남자는 걱정했다. 겨울을 지나려면 아직 한참의 시간이 필요한 시점인데 새끼 밴 어미가 마지막 겨울을 어떻게 날지?…….

어느 날 남자는 사무실을 나와 사무실 주변을 맴돌며

고양이의 흔적을 찾았지만 눈에 담아둔 길고양이의 흔적 찾기는 모래밭에서 바늘 찾기나 다름없었다.

그렇게 시간이 흘러 겨울을 밀어낸 자리에 봄기운이 감돌기 시작했다. 고양이 집과 사료들은 처음의 자리에서 비바람을 피하며 고양이를 기다리고 있었다. 아니 그것은 방치에 다름없었지만 훼손된 곳 없이 멀쩡했다. 남자는 아침저녁으로 사무실을 드나들며 고양이 밥그릇과 물그릇을 살폈지만 여태까지 사료나 물이 줄어든 흔적은 보이지 않았다. 경리 역시 남자와 같은 마음으로 고양이 집과 사료에 정성을 쏟고 있었다.

"사장님! 사장님!"

며칠 후 오후, 사무실 문밖을 나섰던 경리는 호들갑스럽게 남자를 호칭하며 사무실로 뛰어들었다.

"사장님! 고양이가 다녀갔는가 봐요. 고양이 밥그릇이 비었어요."

경리는 마치 고양이에 대해 보고를 하듯 호들갑을 떨었다. 거의 두 달 여, 기척 없던 고양이가 어느 순간 찾아와선 사료그릇을 비웠다면 고양이가 해산한 증거라고 남자는 생각했다. 남자는 자신도 모른 사이 안도하며 한숨을 내 쉬었다. 해산했을 새끼고양이를 함께 생각하며.

그리고 다음 날 남자는 업무를 밀쳐둔 채 고양이 사료 그릇에 신경 줄을 붙이고 있었다. 아울러 흡연을 핑계로 몇 번이나 문밖을 들락거리던 남자의 시선에 고양이가 밥 그릇에 주둥이를 박고 있는 걸 목격했다. 남자는 살며시 고양이에게 다가가 고양이의 등에 손길을 얹어 쓰다듬으며 낮은 음성으로 한마디 뱉어냈다.

"길양아! 그릇에 사료를 가득 담아놓을 테니 다음에는 새끼들도 데리고 오너라. 언제든지 너희들 배 부르게 사료를 준비해두마."

남자는 그 말을 뱉고도 고양이의 식사를 한참동안을 지켜보며 서 있었다. 길고양이는 마치 자신의 밥그릇이라도 된다는 양 사료 그릇에서 주둥이를 떼지 않고 그릇을 비운 뒤에야 인사인 양 남자를 한 번 쳐다보고는 어디론가로 사라졌다.

"사장님! 사장님!"

다음날 경리가 또 호들갑을 떨며 사장님을 호칭했다.

"김 양! 숨 넘어가겠네. 왜? 뭔 일인데 그래?"

"사장님! 빨리 밖에 나가보세요. 글쎄 고양이가 새끼들을 데리고 와서 사료를 먹고 있어요."

경리의 호들갑이 끝나기도 전에 남자는 후닥닥 일어나서 밖으로 나가보았다. 남자가 시선을 멈춘 자리에 어미 고양이와 색상이 다른 여섯 마리의 새끼 고양이들이 사료 그릇을 사이에 두고 주둥이를 박고 있다가 인기척을 느꼈는지 새끼들은 잽싸게 자리를 피해 달아나고 어미 고양이만 홀로 남아 고개를 들고 남자쪽을 바라보며 "야옹" 소리를 건네주고 있었다. 남자는 길양이의 그 소리가 자신에 대한 인사라고 생각하며 고양이에게 다가앉아 말을 건넸다.

"길양아! 여기는 네 집이야. 새끼들과 이 집에서 편안하게 살거라. 새끼들에게 도망가지 않아도 된다고 일러도 주고……."

남자는 고양이를 쓰다듬으며 미소를 담아냈다. 그리고는 옆에 서 있는 경리에게 당부를 했다.

"김 양! 양이들에게 신경을 좀 써주면 고맙겠어. 들어가는 돈은 모두 내가 댈게."

남자의 음성이 천지간을 메우며 메아리처럼 조용히 퍼져나갔다.

5

그 해 여름의
揷畵

"또 전쟁이 터졌다는구나. 러시아가 옆에 있는 우크라이나라는 나라를 침공했다는데 이토록 살기 좋은 세상에 무슨 영화를 더 누리겠다고 전쟁질이냐 전쟁질이. 전쟁해서 좋을 일이 무엇인지나 알고들 전쟁질을 하는지 참……, 아니할 말로 잘해야 목숨 하나 살고 잘못하면 하나뿐인 생명들이 원통하고 억울하게 죽는 일뿐인데 열심히 노력해서 먹고살 생각들은 하지 않고 오로지 약한 나라를 빼앗아서 저희들만 배불리 먹겠다는 짐승 같은 놈들……. 겪고 보니 특히 공산당 놈들은 정말 전쟁에 미친 놈들 같다는 생각이 들더구나. 북한이 그랬고 베트남도 그랬는데 이제는 러시아가 그렇잖으냐? 옛날에는 소련이라는 이름으로 남의 나라로 쳐들어 가더니 그 못된 버릇을 버리지 못하고 아직도……. 아니할 말로 높은 놈들은 지들은 죽을 일이 없으니까 전쟁을 일으키는 거란다. 세상에 전쟁질 해서 죽은 놈 중에 높은 놈들이 몇 놈이나 된다더냐? 예나 지금이나 그저 불쌍한 것이 가진 것 없고 벼슬 못 가진 놈이란다. 너도 자라면 다른 걸 할 생각하지 말고 오로지 벼슬길을 찾거라. 벼슬이 제일이란다, 벼슬을 가지면 돈은 지가 알아서 스스로 굴러들어 온단다."

할머니는 옛날얘기를 풀어놓기 위해 며칠 전에 발발한 러시아의 우크라이나 침공을 서두로 깔고 있었다. 휴일 낮잠을 접고 할머니의 옛날얘기를 접수하려는 소설가 지망생 손자에게 푼 얘기의 서두로는 무게감이 너무 큰 것으로 생각했다.

두타산에 쌓인 잔설들이 시선에 잡혀 옷깃을 여미게 하는 무렵에 할머니는 바늘과 색색의 실 등이 담긴 바느질 바구니를 무릎 앞으로 당기시며 혼잣소리로 말씀하신다. 아마도 전쟁에 대한 끔찍했던 실상을 잠시라도 잊으시고자 바느질에 정신을 쏟으시려는 게 아니신지? 비록 어리고 철없던 시절이었지만 직간접으로 듣고 겪으셨을 한국전쟁 얘기는 할머니로서는 몸서리쳐질 일이었을 터. 한 해만 지나면 팔순이신 할머니의 전쟁에 대한 참상은 소문으로 접한 내용이 더 많았겠지만 오히려 옛날얘기로 듣게 되는 나에게는 모든 것이 실상이었다. 철이 무엇인지도 모를 어린 나이 때부터 할머니의 말씀으로 전해 들은 한국전쟁에 대한 구체성은 상상이나 추측에 의존할 뿐이었지만 내가 철이 든 이후에는 선배나 친구들의 맹호부대나 청룡부대 대원으로 월남전쟁에 참전했던 그들의 무용담으로 개괄적인 내용들을 알고 있는 터였다.

월남이라는 국호의 나라는 지구상에 존재하지 않는 나라였다. 베트남의 국호가 월남이 된 것은 오로지 대한민국의 편의성에 기인한 국호였다는 걸 내가 알게 된 것은 대학에 입학하고서 였다. 한마디로 남쪽에 있는 나라! 그렇다면 남쪽의 기준은 어디인가? 물론 대한민국이리라. 월남전쟁에 대한민국도 군인들을 보낸다는 뉴스를 들으시고 할머니는 그때도 전쟁에 대한 소회를 혼잣소리로 언급하셨던 것이다.

'누구를 돕는다고? 거길 왜 간다니?……'

베트남전쟁 역시 남북전쟁이었다. 프랑스의 지배를 받던 베트남은 1954년 독립을 쟁취하고 제네바협정에 의해 북위 17도 선을 경계로 남베트남과 북베트남으로 분할된 국가인데 1955년경, 내전으로 시작된 베트남전쟁은 미국의 전쟁 참여로 전면전으로 확대된 전쟁이었다. 그렇게 약 20년을 끌어오던 남북베트남은 1973년 1월 휴전협정에 조인하고 남베트남에서 미군들이 철수를 시작하자 북베트남의 휴전협정을 무시한 남베트남 침범을 일삼다가 1975년 봄, 북베트남의 대대적인 공세로 남베트남을 함락하여 베트남사회주의공화국으로 통일된 국가인 것이다. 베트남의 전쟁역사를 돌아본다면 어찌보면 베트남전쟁은 한국전쟁의 판박이가 아닐는지. 다만 한국전쟁 휴전 2년 뒤에 발발한 베트남전쟁이 남북한과 다른 점이 있다면 오늘날 베트남은 사회주의 국가로 통일되었지만 대한민국은 휴전 70년을 지난 현재까지도 분단국가라는 사실이다. 이는 남베트남에서 미군이 철수를 시작한 것이 원인이었을 터이나 북베트남의 휴전협정 무시와 대대적인 남베트남 침공은 결국 휴전협정 위반이라는 신뢰의 기반을 파괴한 원인이 더 큰 것이라고 나는 판단하는 것이다. 그리고 경우에 따라서는 그것이 곧 대한민국의 남과 북의 미래를 예단할 수 있는, 참고해야 할 가치가 아닐까하는 생각을 머금기도 했다.

 그 해 여름에 안개가 참 많이 꼈었니라. 마을 안에 몇 그루 있지도 않은 아카시아나무에서 아카시아꽃이 만발했다가 모두 떨어지고 난 얼마 후였는데 뭔 세상이 안개 때문에 앞을 볼 수 없었더니라. 기우만은 아니었는지 마을 어른들이 무슨 큰 변고라도 생길 조짐 같다는 말을 심심찮게 했었단다. 그런데 며칠째 앞이 안 보이도록 안개가 자욱한 세상을 만들던 어느 날 새벽에 사람들이 사변이 터졌다고, 난리가 터졌다며 온통 난리가 났었더니라. 그때 삼척 읍내는 조용했었는데 마을사람들에게 전해 들은 바로는 공산군들이 육지는 물론 배를 타고 대대적으로 바다로도 쳐들어와서는 임원항 바깥에서 처음 보는 배를 구경하는 사람들에게 총과 포를 마구잡이로 쏴서 많은 사람들이 영문도 모른 채 죽었다더구나. 한국동란은 삼척에서 그렇게 시작된 것으로 나는 알고 있단다. 그것을 가지고 어떤 사람들은 전쟁이라고 했고 어떤 사람들은 동란이라고 했는데 나중에 안 일이지만 그것은 이북의 김일성 군대가 우리 이남 땅을 뺏으려고 어느 평온한 일요일 새벽에 남한땅을 향해 전쟁을 일으킨 것이었더니라. 때마침 농번기라 나라에서는 젊은 군인들에게 집에 가서 잠깐이나마 농촌 일손을 돕고 오라고 휴가를 보냈다는데 할머니 나이가 예닐곱 살 무렵이었으니 아는 게 있었겠나? 얼마 후에 들은 소문으로는 북쪽의 공산군들이 강릉 위에 있는 주문진 부근에 그어진 삼팔선을 넘고 일부는 바다 쪽으로 군함을 타고 넘어와서 시작된 전쟁이라는데 영동지역에서는 정동진으로 공산군들이 가장 먼저 들어왔다더구나. 그놈들은 짐승처럼 마구잡이로 쳐들어와서는 총이나 대포로 건물을 부수고 사람들을 죽이곤 했단다. 그때 우리 집은 죽서루가 보이는 오십천 건너편 성내리에 있었는데 우리 마을은 사변이 터지고 한참 있다가 공산군들이 들이닥쳤다고 알고 있단다. 다행이었지 죽서루 쪽에서 우리 동네로 들어오려면 외나무다리 같은 긴 다리를 건너와야 했는데 어쩐 일이었는지 공산군들이 빨리 쳐들어오지는 않았단다. 그 시절에는 바깥소식을 마음대로 들을 수 없었단다. 듣고 볼 수 있는 물건들이 귀해서 무엇이든 눈에 보여야만 어떤 일이, 또는 무슨 일이 생긴 건지 알 수 있는 때였단다. 참말로 먹고살기가 어려운 시절이었다. 다행히 동내마다 한두 집 부자들은 있어 더러는 그 부잣집 덕으로 살아가는 사람들도 있었는데 특이한 것은 전쟁이 터졌다는 소문과 함께 마을에서 부자라고 소문난 집과 그 집에 붙어 사는 사람들 모두가 아무도 몰래 짐을 싸들고 피난을 갔더란다. 그나마 다행이라면 가난한 동내라 전쟁이 터졌다는 소문에도 집을 버리고 도망간 사람들 보다는 그대로 집을 지키고 마을을 지킨 사람들이 더 많았다는 사실이다.

그 때 너희 외갓집은 오분리 한치재 가는 도로 밑자락에 있었는데 멀리서도 보이는 집이었다. 또 오분리 바닷가에서 마을로 오는 곳에 언덕 같지도 않은 작은 언덕에 길이 하나 있는데 그 언덕길을 넘으면 큰 신작로가 나오고 얼마 안 가서 너희 외갓집이 있었다. 그 도로는 거진에서 부산까지 갈 수 있는 큰 신작로인데 그 신작로 바로 밑에 니 외갓집이 있다보니 누가 봐도 위험한 집이었다. 비록 공산군들이 임원항으로 먼저 쳐들어왔지만 육지로 쳐들어온 공산군들도 있었기에 니 외갓집은 그대로 앉아서 지내지 못할 형편이었단다. 그때만 해도 피난 떠나는 집들이 많지 않았다만 네 외갓집도 피난 떠날 생각을 안 하더구나. 그때 네 증조부님이 하신 말씀으로는 아마 정라진에 묶어둔 작은 어선 때문에 그런 게 아닌가 하시더구나.

그런데 전쟁이 터졌으니 고기 잡는 배들이 바다로 나갈 수가 있었겠나. 배가 크든 작든 배라는 배는 모두 선창에 밧줄로 묶어놨는데 그 배를 관리하는 일도 큰 문제였다. 나도 들은 소리지만 니 외삼촌이 전쟁이 터졌다는 소리를 듣고도 선창에 묶여 있는 그 배를 돌아보겠다고 정라진부두로 안 갔겠나. 그것이 마지막이었다. 네 외삼촌이 공산군들한테 붙잡혀 갔는지 어땠는지 아무도 몰랐으니 그냥 기다릴밖에. 다음 날 해가 중천에 올랐지만 선창에 간다고 나간 아들이 안 들어오니 걱정이 된 네 외할머니가 백방으로 찾아봤지만 어디 있는지를 알 수 있었겠나? 그렇게 이틀이 지나고 사나흘이 지나자 네 외할아버지와 외할머니가 아들을 찾겠다고 몇 달 동안을 사방팔방을 찾아 헤맸는데 결국 못 찾고 말았단다. 다행인지 어땠는지 니 외삼촌이 공산군들한테 끌려가는 걸 누가 숨어서 봤단다. 그 얘기를 빨갱이들이 남쪽으로 내려간 사이에 너희 외할머니가 어디서 듣고 오셔서 네 외갓집은 초상이 났더랬니라.

할머니네는 형편이 어려워 멀리 피난을 갈 수가 없다보니 두타산줄기 밑자락에 있는 마을로 피난을 갔더랬니라. 때마침 니 증조할아버지가 교분을 나누고 있던 친구가 있는 마을로 피난을 갔는데 그 마을이 바로 미로 고천이었단다. 다른 것은 차치하고라도 전쟁으로 식솔들 생명에 사단이 생길 수도 있는 심각한 사태라 집에 가만히 있다가는 길을 따라 움직이는 공산군들 총에 맞아서 죽을지도 모르는 일이라 생각하셨겠지. 그렇게 삼 년인가? 세월이 흘러 전쟁이 끝났다는 소문과 마을 어른들이 이제 다들 집으로 돌아가도 된다는 말씀에 얼마 되지도 않은 보따리를 꾸려서 니 증조할아버지는 지게에 지고, 증조할머니는 머리에 이고 성내리 집으로 돌아왔는데 네 증조할머니가 궁금해서 네 외갓집까지 걸어서 갔다 오시더구나.

"아버지와 엄마는 그 때 아무것도 안 하셨나요?"

"니 아버지와 엄마는 태어나기 전이었단다."

휴전 70여 년 세월은 내 아버지와 어머니의 첫울음도 미치지 못하는 한참이나 저쪽의 시간이었다.

"니 외삼촌은 끝내 돌아오지 않았다. 휴전인지 뭔지해서 전쟁이 끝나고 십 년이 지나고 이십 년이 흐른 후에도 네 외할아버지와 외할머니는 자나 깨나 니 외삼촌이 돌아오기를 기다렸는데 끝내 돌아오지 않았단다. 하기야 전쟁통에 공산군한테 붙잡혀서 끌려간 사람이 어디 한둘이었겠느냐? 우리가 몰라서 그렇지 엄청 많았을 것이다. 그리고 그 사람들이 살아서 돌아왔다는 소문은 들리지 않더구나. 난리 통에는 그저 숨어지내는 게 상책인데……. 니 외할아버지와 외할머니는 끝내 니 외삼촌 소식을 더 이상 못듣고 운명하셨단다. 전쟁이 일어나서는 절대로 안 되는 일인데 또 전쟁이 났으니…….

전쟁이 끝나고 할머니가 철이 든 다음에 생각해보니 우리가 피난갔던 미로 고천은 사람들이 한결같이 순박하고 인심이 너무 좋아서 더 편하게 지낸 것 같더구나. 니 증조할머니도 좋은 사람들 만난 덕분에 피난살이도 고생을 덜하며 지냈다고 말씀하신 적이 있었단다. 할머니는 지금도 기억난단다. 얼굴도 알지 못하는 우리한테 귀한 감자나 보리쌀 등을 조금씩 가져다 주면서 할머니에게 '어떻게해서라도 살아서 돌아가시라'고 하시던 말씀들이. 그 마을로 피난 온 집들이 몇 집 더 있었는데 아무도 패악을 당하지 않았다고 하더구나.

전쟁이 끝나고 나서 듣게 된 얘기지만 어떤 사람들은 미로 고천보다 더 깊은 대방골이나 천은사가 있는 절마을까지 피난을 갔다더구나. 우리가 미로 고천 산속으로 피난을 가서 조금 지내다 보니 그때서야 멀지 않은 곳에서 싸우는지 따발총소리와 대포소리가 들렸단다. 네 할아버지는 대포소리를 듣더니 함포소리라 하시더라. 지금은 할머니가 됐지만 그때만 해도 할머니가 어렸는데 어린 것이 함포가 뭔지나 알았겠나? 그래서 네 증조할아버지한테 물었니라, '함포가 뭐냐고?' 함포는 큰 군함에서 쏘는 대포라는데 군함은 또 뭔지 알아야지. 다만 어린 마음에 총소리, 대포소리, 함포소리 때문에 얼마나 겁나고 무섭든지. 금방이라도 공산당들이 총을 들고 우리 앞에 나타날 것 같아서 내하고 오빠는 낮만 되면 집에 숨어서 밖으로 나오지를 않았다. 요즘 세상은 산이든 들이든 심지어 동내 마을 안까지도 나무들이 많이 자라고 울창해서 아무 나무든 나무숲에 숨어도 되는데 그때는 산에 나무라고는 하나도 없었단다. 정말 아무것도 없는 민대가리 산이었다. 다만 마을 부근 야산에 아카시아나무들이 가끔 있었고 신작로 옆으로는 미루나무하고 포플라나무들이 가로수라 하며 어쩌다가 한그루씩 있었는데 왜놈들이 그 나무들마저 왜 모두 베어가지 않았는지 궁금할 때도 있었단다. 니 증조할아버지 말씀으로는 소나무는 송진이 많이 채취되는 나무라서 소나무에서 송진을 뽑아 왜놈들이 전쟁에 필요한 기름을 뽑아 쓸려고 우리나라 산에 있는 소나무라는 소나무는 보이는 대로 베어갔다고 하시더라. 그래도 다행인 것은 나중에 사방공사라고 해서 나라에서 나무 심기를 했는데 뿌리를 빨리 내리고 금방 자라는 아카시아를 많은 심었다는 소리도 들었다. 그래서인지 할머니가 조금 자랐을 때는 아카시아꽃 향기를 많이 맡고 클 수 있었단다. 니 증조할아버지 말씀으로는 왜정 시대 때, 왜놈들이 대동아전쟁 군수물자를 조달한다고 우리나라에 있는 나무라는 나무는 하나도 남기지 않고 모조리 베어서 가져갔다는데 나무를 가져가도 어떻게 그렇게 싹쓸이 갈 수 있는지? 전쟁 끝나고 나서도 한동안은 눈에 보이는 모든 산들이 참말로 나무 한 그루 볼 수 없는 벌거숭이 산이었다. 생각하면 그 시절 왜놈들은 정말 인간이 아니었다. 어디 그뿐이겠나? 농민들이 일년내내 구슬땀을 흘리며 **뼈** 빠지게 농사를 지어놓으면 쌀 한 톨 남기지 않고 공출이라는 명분으로 몽땅 **뺏어갔으**

며 우리나라에 얼마 있지도 않은 지하자원이란 자원들은 몽땅 도굴해서 훔쳐갔다는데 그게 어디 훔쳐간 것이겠나? 아예 지들 것인 양 당당하게 일본으로 빼돌린 것이지. 그때 왜놈 군대들이 아무리 힘이 센 나라였다지만 어찌 그렇게 인정머리 없이 몽땅 뺏어갔으며 우리나라 군대들은 뭘 했기에 그렇게 당하고만 있었는지?

조선시대에 이율곡 할아버지는 군인 십만 명을 양성해서 나라를 지켜야 한다고 임금한테 상소를 올렸다는데 간신 같은 조정대신들이 당파싸움 때문에 반대를 해서 군인을 양성하지 못하는 바람에 임진왜란이 일어 난 것이라더라. 니 증조할아버지는 생존해 계실 때 같은 민족끼리 화합하지 못하고 당파싸움만 하다가 나라가 망했다고 돌아가실 때까지 정치하는 종자들은 인간 종자가 아니고 짐승의 종자로 만들어진 종자들이라고 말씀하시곤 했다. 심지어 일본이 패망하고 우리나라가 독립을 했는데 지도에 있는 38도선 이남과 이북이 갈라서기는 또 왜 갈라섰겠나? 유식한 사람들이 하는 말로는 전쟁으로 일본을 패망하게 한 미국과 소련이 힘없는 우리나라를 서로 관리하겠다고 욕심을 부려 유엔에서 북위 38도선을 기준으로 반으로 갈

라놓았다고 하는데 갈라졌으면 갈라진 대로 서로가 잘 먹고 잘살면 되는데 왜 또 총으로 대포로 서로가 맞싸우나 맞싸우길? 아니할 말로 우리가 남이나? 우리도 김 씨, 이 씨, 박 씨라는 성씨를 쓰고 이북 사람들도 김 씨, 이 씨, 박 씨 성을 쓰는 같은 민족인데 전쟁해서 얻을 게 뭐가 있다고 전쟁을 일으켜서는……. 그렇다고 우리가 말이 다르나 글이 다르나. 세종대왕 할아버지가 지은 한글을 사용하는 똑같은 민족인데 누구 좋으라고 총과 대포를 앞세우고 싸우나 싸우기를? 총들고 대포 앞세우고 싸우는 게 그렇게 좋으면 그 총과 대포를 왜 왜놈들에게는 쏘지 못했겠나? 총이든 대포든 왜놈들을 향해서 쏠 일이지 무슨 죽을 원수가 졌다고 같은 민족끼리 싸우나 싸우기를? 그게 다 완장을 차고 있는 놈들이 지 가진 것 감춰놓고 한 푼도 안 되는 남이 가진 것을 뺏으려고 싸우는 것 아니겠나? 그래서 네 할아버지는 네 아버지가 완장 차는 일을 절대로 못하게 했단다. 천지신명님이 도왔는지 빨갱이들은 우리가 피난 가서 살고 있는 미로 고천 산속까지는 오지않았니라. 동란이 끝나고 들은 얘기지만 그 동란으로 참으로 많은 사람이 죽거나 다쳤다고 하더라. 심지어는 다른 나라 젊은이들도 우리나라를 도와주려고 왔다가 생목숨 땅에 묻히지도 못하고 산에, 강에, 들판에서 죽은 시체로 발견된 사람들이 부지기수로 많이 있었다는데 요즘에는 라디오나 텔레비전으로 한국동란의 상세한 피해상황을 가끔 들어서 알 수 있지만 동란이 끝난 그때만 해도 알고 지내던 사람들이 한동안 눈에 안 보이면 죽었다고 단정했다. 그때 그 동란은 한 삼 년 싸우다가 휴전을 했는데 같은 민족끼리 왜 그 난리를 쳤는지 지금 생각해도 끔찍스럽다. 아니할 말로 한국동란으로 얻은 것이 무엇인지 알 방도도 없고. 니 증조할아버지는 그것마저도 왜놈들을 탓하셨다. 왜놈들이 조선을 강제로 합병하지 않았다면 과연 남한과 북한이 38선이라는 금 하나로 갈라설 일이 있었겠나 하는 것이 니 증조할아버지가 동네 사람들과 종종 나누신 말씀이셨다. 그런 것이 모두 정치를 잘 못해서 그런 거였다.

할머니는 지금도 정치하는 사람들을 혐오한단다. 정치라는 것이 백성들 배고프지 않게 하고 헐벗지 않게 하는 것이 목적일 텐데 정치꾼 누구 한 사람 진정으로 백성들 위하는 사람을 못 봤단다. 그리고 또 분통한 것은 옛날에는 우리나라가 왜 그리도 힘을 기르지 못했는지?

김일성 군대가 삼팔선을 넘어 남한으로 쳐들어와서 삼 년동안을 전쟁을 했으니 아마도 전쟁 터지고 아카시아꽃 이 두 번은 더 피었을 때일 게다. 미로 고천에도 아카시아 나무가 여기저기 몇 그루 있었는데 아카시아꽃이 흐드러 지게 피어 있는 어느 날 니 증조할머니가 할머니를 데리 고 가까운 개울 옆에 있는 아카시아나무에 가서 아카시아 꽃을 한줄한줄 따서는 들고 갔던 바구니를 채워서 돌아왔 단다. 그날 니 증조할머니께서는 손수 따온 아카시아꽃을 며칠 전 이웃집 할머니가 새로 짜서 내려받은 귀한 것이라 고 맛보라며 선물로 주신 콩기름을 아껴 두었다가 아껴서 먹던 보리쌀을 절구에 빻아 가루를 내고 보릿가루를 튀김 옷으로 묻혀서 아카시아꽃 튀김을 만들어 주셨었는데 먹 을 것이 귀하던 시절이라 그랬는지 그 아카시아꽃 튀김이 정말로 별미였단다. 특히 미로 고천은 콩농사가 잘 되는 곳이라서 미로 고천 콩으로 어떤 음식을 만들어도 맛이 있 었다. 그날 입 안에서 바싹바싹 씹히던 그 식감은 지금 생 각해도 침샘이 열릴 만큼 입맛을 부추기더구나. 그리고도 니 증조할머니는 이웃집 할머니에게서 받은 콩기름으로 아카시아꽃이 지기 전까지 몇 번을 더 튀김을 만들어 주셨단다.

할머니의 얘기는 한국전쟁에서 아카시아꽃 튀김으로 내용이 변경돼 있었다. 할머니는 양식은 물론이고 먹거리가 귀하던 시절에 아카시아꽃도 식재료가 됐었다는 말씀을 덧붙이시고 계셨다.

마을에 꽃들이 피어나면 할머니는 꽃냄새를 아주 잘 맡았단다. 할머니는 꽃향기가 그렇게나 좋더구나. 논밭이 있는 것도 아니었고 꽃씨 심을 땅이 있는 것도 아니었지만 할머니는 어릴 때 동내에 피어 있는 꽃을 찾아다니며 누가 볼까봐 눈치를 살피다가 꽃을 따다가 손톱에 분홍색 물을 들이곤 했단다. 그 꽃이 봉선화란 꽃인데 할머니는 지금도 봉선화를 보면 손톱에 꽃물을 들이고 싶더구나. 그런데 어떤 꽃이든 필 때는 예쁘고 아름답지만 그 꽃이 질 때 가만히 살펴보면 나이 많은 사람들 피부에 검버섯 돋듯 먼저 검은 점들이 생기더구나. 꽃들도 그렇게 검은 점이 생기고 시들면서 결국 땅에 떨어지더구나. 생각해 보면 사람이나 꽃이나 생이라는 게 참으로 허무한 것인데 누구나 아등바등하며 지내니⋯⋯. 옛날에 봄이 되면 할머니는 참꽃을 참 많이 먹었단다. 요새는 참꽃을 진달래라고 하지만 할머니

어렸을 때는 참꽃이라고 했다. 할머니가 할머니오빠 하고 산과 들에 놀러 다니면서 새알을 찾아서 집에 가져와 삶아 먹고 그랬는데 가끔은 그 때가 생각나고 그리울 때도 있단다. 그리고 이른 봄에 참꽃이 다 질 무렵이면 또 개꽃이 피기 시작했는데 말 그대로 개꽃은 독이 있다고 해서 먹지를 않았다. 문둥이들이 개꽃에 문둥이 병균을 묻혀놓았다는 소문도 있었단다. 아마 그런 소문 때문에 개꽃을 못 먹는 꽃이라 했을 거다. 지금은 그 개꽃을 철쭉이라고 한다만 이름도 철쭉이 얼마나 예쁘냐? 니 증조할아버지 증조할머니 산소에 심은 꽃도 철쭉인데 그 나무들은 할머니가 니 아버지에게 부탁해서 구해다가 심은 거란다. 어쩌다 한 번씩 성묘를 가 보면 개나리, 철쭉, 연산홍, 아리랑꽃 등이 봄에서 여름 내내 꽃을 피워 할머니는 부모님 산소가 그렇게나 좋더구나.

재덕아! 어제 보니까 아카시아꽃들이 모두 떨어져 바람에 휩쓸리고 있더구나. 요즘도 아카시아꽃이 폈다가 질 무렵이면 종종 안개 끼는 날을 볼 수가 있는데 그런 날이면 할머니는 어렸던 시절에 있었던 일들이 많이 생각나더구나. 어제도 옛날 생각이 나서 운동삼아 한참동안 산책을 했는데 아카시아꽃들이 모두 떨어져서 한 곳에 소복하게 쌓여있기에 찬찬히 살펴보았더니 맨땅 위에 하얗거나 노란 민들레가 꽃 몇 송이를 피우고 있더구나. 그 꽃들을 한참이나 내려다 보면서 든 생각은 민들레 뿌리가 간 나쁜 환자들에게 특효라는 소리가 있는 터라 저 어린 꽃들도 오래지 않아서 종적이 사라질 것이란 생각이 들더구나. 민들레 뿌리가 간 나쁜 환자들에게 특효라는 소문이 있는데 사람들은 술을 덜 마시고 간 보호할 생각을 하지않고 민들레 뿌리를 캐어다가 간 회복약으로 사용할 것이라는 생각이 들어서, 너는 어른이 되어서라도 술을 많이 마시지 말거라. 할머니는 네 아버지도 걱정이란다. 쓸데없이 왠 술을 그렇게나 마셔대는지 원.

～

바람결에 쏠려 포도를 뒹굴던 아카시아꽃이 흔적도 없이 사라지고 바다로부터 건너온 안개가 천지간을 가득 메우며 서너 발짝 앞을 볼 수 없는 날이 며칠 동안 지속되자 할머니는 손자를 앞에 앉혀놓고 혼잣소리처럼 또다시 지난 세월 한자락을 풀어헤치셨다.

"전쟁이 터졌다는 소문이 퍼지고 한참동안 남쪽으로 남쪽으로만 밀리던 한국군의 대열이 더 이상 후퇴할 곳이 없던 즈음에 일본땅에서 일본을 관리하던 미국의 맥아더 장군이 미군들을 인솔하여 인천상륙작전을 일으키자 전쟁의 판세가 역전되어 한국군과 유엔군이 북으로 북으로 밀고 올라가게 되었단다. 그 무렵, 전세가 불리해진 북한군을 지원하고자 중공군이 참전해서 또 전세가 역전됐는데 전쟁이 발발한 우리나라를 돕고자 참전한 유엔군들과 한국군들이 후퇴하게 됐고 남쪽이든 북쪽이든 민간인들은 눈보라가 휘날리는 북한땅에서 남쪽으로 피난을 가려고 함경도 흥남항으로 모여들었단다. 때마침 빅토리아호라는 미국의 큰 아가리배가 함흥시에 위치한 흥남부두에 정박해 있다는 소문을 들은 사람들이 흥남부두로 모여들었단다. 그리고 하늘의 축복인지 크리스마스이브에 수도 없이 많은 사람들이 빅토리아호를 타고 남한으로 피난을 갔더란다. 학자들은 흥남부두 철수를 두고 인류역사상 가장 위대한 구출작전이었다고 한다더구나.

1·4후퇴라는 말도 하는데 미국의 빅토리아호가 피난민

과 후퇴하는 군인들은 가득 싣고 남쪽으로 떠난 후에 중공군과 북한군의 대공세가 있었단다. 결국 그 대공세에 밀려 유엔군들과 한국군, 피난민들이 뒤섞여 1951년 1월 4일을 기해 대대적으로 남쪽으로 피난 떠났던 날을 1·4후퇴라 한단다. 전쟁은 살아있는 것들을 죽이고 부수고 병신이 되고 하는 일만 발생하는 아주 못된 싸움이란다. 어느 나라든 전쟁이란 천추의 한만 남기게 되는, 절대로 있어서는 안 되는 일인데도 러시아는 또 전쟁을 일으키는구나.”

한국전쟁이 발발한 날이 되면 방송국들은 해마다 앞다투어 잔혹했던 참상들을 방영하고 있는 바, 나는 할머니의 얘기로 듣게 되는 지난 세월과 특히 6·25에 관한 얘기들이 더 재미있어 할머니의 무릎 앞으로 바짝 다가가 앉는 버릇이 있었다.

할머니는 바느질하시던 손을 멈추지 않은 채 얘기를 잇고 있었다.

“우리나라가 왜놈들 정치에서 해방되고 얼마 되지도 않은 때라 살기가 참으로 곤궁했었는데 뭘 뺏어 먹을 게 있다고 김일성 군대가 대포와 총을 앞세우고 전쟁을 일으켰는지. 남쪽에서는 정치하는 사람들이 눈만 뜨면 서로가 지

잘났다고 마주하고 으르렁거렸는데 어떤 사람은 남한 정치가 마음에 안 든다고 이북으로 넘어가서 소식도 모르게 되고 그랬다. 나는 겪어보지 못했지만 들리는 소문으로는 그때 서울은 빨갱이들이 마구잡이로 터트린 폭탄 때문에 불바다가 됐다고 하더라. 니 외할머니 말로는 니 막내외삼촌이 그때 서울에서 무슨 사업인가를 하고 있었다는데 니 막내외삼촌도 전쟁통에 포탄에 맞아서 돌아가셨다는 소문을 들었다고 하시더라. 옛말에 부모는 죽으면 땅에 묻지만 자식은 죽으면 부모 가슴에 묻는다고 했는데 니 외할아버지 외할머니는 돌아가실 때까지 마음놓고 웃음 한번 못 웃고 돌아가셨을 거다. 할머니가 지금까지 살면서 스스로 배운 것이 있다면 생명은 자신이 어떻게 돌보느냐에 따라서 죽음도 오고가는 것 같더라. 너도 항상 조심하면서 살아야 한다. 요즘에는 자동차가 많아서 그 자동차 때문에 죽거나 다치는 사람들이 얼마나 많으냐? 옛날에는 사람의 생명은 하늘의 뜻에 따라서 살아진다고 해서 인명재천이라 했는데 요즘에는 자동차에 의해서 죽고사는 일들이 많이 발생하다 보니까 인명차천이라는 말도 하더구나. 특히 자동차를 조심하는 것도 중요하단다.”

할머니는 어린 손자를 머리맡에 앉히고 어쩌면 당신의 생애에서 가장 혹독했을 과거사들을 몇 번째 풀어놓으셨다. 더러는 수십 번을 들은 얘기도 있어 어쩌면 어린 손자가 할머니의 얘기를 대신할 수도 있을 정도였지만 할머니의 얘기는 항상 재미를 전제했던 것이다.

～

두타산을 덮고 있던 잔설이 모두 녹아내리자 대지는 또 자신의 본분을 잊지않고 갖가지 꽃들을 피워내고 있었다. 근원지간에 개화한 꽃들을 모두 볼 수는 없었지만 창문을 열자 아카시아꽃이 향기로 진동했다. 아카시아꽃은 내게 있어 할머니에 대한 그리움의 매개였다. 나는 한동안 잊고 지내던 할머니를 떠올렸다. 어린 손자에게 헤아릴 수 없이 많은 얘기꽃을 듬뿍듬뿍 나누어 주시던 할머니는 당신의 생애에서 손자를 처음 만났을 때가 가장 행복하셨다는 말씀을 남기시고 아카시아꽃 향기가 천지간을 진동하는 무렵에 하늘나라로 가셨지만 나는 이십여 년 저쪽 세월에 남겨진 작은 일화 하나를 회억했다. 그날 할머니는 며느리인 내 어머니를 그냥 쉬게 하시고는 할머니가 손수 따서 튀김 가루를 입히고 기름에 튀겨서 바삭바삭한 식감이 살아있을 때 며느리와 손자의 입에 넣어주시려 애쓰시던 모습이었다.

"어멈아! 언젠가 니가 얘기했제? 네 친정엄마에게 꽃튀김 몇 송이 드린 걸 니가 다 먹었다고? 그 맛을 지금도 잊을 수가 없다고? 이참에 재덕이도 먹이고 싶어 겸사겸사 튀겨보았다."

아카시아꽃 튀김의 진한 냄새와 그 식감은 할머니가 환생하시는 듯 내 가슴에 깊이 들어와 오래도록 스멀거리고 있었다.

"재덕아! 산에서 내려오는 길에 아카시아꽃이 보이면 그 꽃을 좀 따오면 좋겠구나. 아카시아꽃 향기를 맡으니 네 할머님 생각이 나는구나."

휴일을 기하여 동료들과 등산을 나서는 아들을 향해 산에서 내려오는 길에 산에서 자라는 아카시아꽃 몇 잎만 따오라고 어머니는 심부름 아닌 심부름을 시켰다. 그러나 나는 등산에서 돌아오는 길에 아카시아꽃 향을 맡으면서도 어머님의 부탁을 외면했다. 어머니는 높은 산에 있는 아카시아꽃은 향기도 좋지만 읍내에 핀 아카시아꽃들보다 꽃잎에 붙어있는 미세먼지들이 많지 않아서 깨끗할 것이라는 소리를 덧붙이셨던 것이다. 그날 등산로를 조금 벗어난 자리께에 훌쩍 키를 키운 아카시아나무가 있었고 하얀 꽃들이 거부할 수 없는 향기를 뿜어내고 있었지만 나는 동료들과의 얘기꽃에서 벗어나지를 못했다. 더하여서 마음만 먹는다면 집에서 조금만 나서면 아카시아꽃잎을 마음껏 딸 수도 있었는데 어머니가 아카시아꽃으로 무엇을 하려는지를 알고 있었기에 나는 우정 어머니의 부탁을 외면했다. 아마도 어머니에 대한 아버지의 지청구를 알고 있었기 때문일 터였다.

아버지는 어머니가 아카시아꽃 튀김 얘기를 하시면 고생은 차치하고라도 특히 펄펄 끓는 기름으로 인한 위험한 일을 왜 사서 하려느냐고 어머니에게 지청구를 하신 적이 있었던 것이다. 특히 아카시아꽃은 튀김을 해도 향기가 진하게 남아 있어 당신이 즐겨 마시는 소주 안주로도 적합하지 않다고 말씀하셨던 것이다.

며칠 후 나만의 일이 기다리고 있어 퇴근길을 서둘러

귀가했을 때 나는 현관문을 열기도 전에 집안에서 풍기는 기름 냄새를 맡고 있었다. 내 밑으로 하나뿐인 동생은 어머니가 아카시아꽃 튀김을 만들고 계신다며 어머님의 손길을 기다리고 있는 듯했다. 나를 낳고 십 년 가까운 세월이 흐른 후에 태어난 귀한 동생이었다. 군입대를 위해 영장을 받아놓은 상태라 입대 전에 막내에게 좀 더 색다른 음식이나 맛있는 것을 먹여보려는 어머님의 애쓰심인 듯했다.

주방에 서서 짧은 발걸음을 옮기고 계셨지만 오로지 튀김에만 열심이신 어머니의 뒷머리 끝이 희끗희끗해 보였다. 어머님의 늙음의 흔적을 볼 때마다 며느리를 기다리실 연세가 되셨음을 생각했지만 나에 대한 인연도 용이한 것이 아니었다. 아마도 나의 까탈스러운 성격이 원인이 터였지만 고쳐쓸 수 없는 것이 천성이라 나 역시 고민 중이다. 무슨 일인지 아버지는 친구 따라서 친구의 고향으로 출타하신 날의 오후였다.

"엄마가 아카시아꽃 튀김을 하시니까 돌아가신 할머니가 생각나네요."

"너도 그렇냐? 사실 아카시아꽃 향기를 맡으니 네 할

머니 생각이 많이 나더구나. 언젠가 할머니가 외할머니에게 맛 보라며 주신 아카시아꽃 튀김을 그 때 내가 몽땅 먹다시피 안 했겠니. 할머니 생존해 계실 때 한번 그 말씀을 드렸더니 할머니가 내 손을 꼭 잡으시며 니가 그렇게 맛나게 먹은 줄을 몰랐다시며 아카시아꽃이 피면 꼭 한번 꽃튀김을 해주시겠다고 하셨는데 할머니가 그 약속을 지키지 못하시고⋯⋯.”

어머니의 음성에 물기가 담겨 있었다. 손자로서 아들로서 고부간의 갈등을 한 번도 목격한 적이 없는 할머니와 어머니의 인간애가 새롭게 인식되고 있었다.

아버지도 할머니의 아카시아꽃 튀김을 알고 계셨다. 그러나 집안 형편이 어려웠던 시기에 그야말로 끼니로 때우기 위해 몇 차례 만들어 먹었던 음식이라 아버지는 아카시아꽃 튀김에 대한 기억이 불편했다. 생각의 차이든 관점의 차이든 할머니는 하나뿐인 아들의 의사를 무시하지 않으셨다. 할머니가 며느리에게 한 약속을 잊으신 듯 지내신 것은 며느리와의 약속보다 당신의 아들에 대한, 안으로만 굽어드는 일방적인 팔의 개념 같은 것은 아니었는지.

“시장에 나갔더니 마침 어떤 할머니가 이걸 바구니에

담아서 파시기에……."

굳이 이유를 설명할 필요가 없었지만 어머니는 아카시아꽃 튀김을 하시게 된 동기를 부연했다. 아버지가 계신 자리라면 필요한 설명이었겠지만 나와 동생에게는 불필요한 설명이었다.

할머니의 얘기 속에 등장하는 아카시아꽃 개화시기와 한국전쟁이 발발한 시기가 톱니바퀴처럼 맞지 않고 있음을 알고 있었지만 나는 할머니의 얘기에는 절대 퀘션이나 의아성을 붙이지 않았다. 다만 할머니의 얘기에도 추임새가 필요하다는 생각에서 맞아요, 라고 한다거나 그래서요 따위로 할머니의 얘기에 신바람을 불어넣고자 했는데 그러한 요소들이 할머니의 신바람을 부추긴 것은 사실일 터였다. 그리고 할머니 입장에서 시간성의 연상작용으로 어떤 사건에 무엇을 맞추어서 얘기하시다 보니 가장 비근한 시간감이 아카시아꽃 튀김과 안개와 한국전쟁, 그리고 피난살이 정도였으리라. 그러했기에 아카시아꽃이 만발했을 무렵에 항상 안개가 자욱했었다는 회억과 그에 더하여 한국동란이 터졌고 그로 인한 피난살이 등등, 때문에 할머니에게 있어 아카시아꽃이나 안개는 반가움의 대상은 아니었으리라는 추측이 내 안에 존재했다. 반면에 할머니에겐 아카시아꽃 향기와 안개는 오히려 혼란의 대상은 아니었을지. 안개 자욱한 천지간에 흘러들던 달착지근한 아카시아꽃 향기는 어쩌면 대한민국에 포성이 울릴, 즉 한국동란 발발의 신호탄은 아니었는지. 칠십 년 저쪽 시간을 실타래 풀 듯 손자에게 여러 갈래로 들려주시던 어느 여름날의 삽화들은 이제 대한민국의 천지간에서 역사라는 이름으로 박제가 되고 있는 것이 아닌지를 생각하며 내 손길을 기다리고 있는 나만의 업무를 정리하기 위해 나는 엉덩이를 일으켜야 했다.

6

伯兄

아침나절까지도 대지의 구석구석에 깔려 있던 따뜻한 햇살이 정오 무렵을 지나면서부터 위력이 사위기 시작했다. 더하여서 퇴근시간 무렵에는 차창 밖에 깔려 있는 가을과 겨울이 시샘이라도 하는 듯 번갈아 가며 을씨년스러움을 조각하고 있었다. 어젯밤 마감뉴스에서 비를 예보하는 워딩을 듣지 못했기에 추위를 대비하지 않고 가볍게 걸치고 나온 걸 의식하며 나는 시선을 차창 밖에 둔 채 백형의 전화 저쪽 소리에 신경을 할애하고 있었다. 오랜만에 백형에게서 걸려온 전화는 직장인의 퇴근시간의 행복감이나 즐거움을 차압한 상태였으며 그로 인해 을씨년스러움이 계절감과 어우러져 나를 지배하고 있을 뿐이었다.

일 년에 한두 번, 그나마 명절이나 부모님의 휘일이면

싫어도 얼굴을 맞대는 일을 기피하지 못하던 형제간이었는데 이젠 그마저도 조우가 전무하다시피한, 특별하지 않은 날에 백형이 막내동생인 나를 오라가라 한 것이라 궁금증이 더했던 것이다. 나는 몇 번이고 퇴근 후의 시간 속으로 멘탈을 쏟으며 정오 무렵에 걸려온 백형의 수화기 속 저쪽 말에 온 신경이 고정돼 있었다.

"바쁘지 않으면 퇴근 후에 잠시 다녀가거라. 긴히 할 얘기가 있다."

'긴히 할 얘기?……'

내게는 일정하지 않은 식사시간인지라 손님을 내려주고 부근 기사식당 주차장에 파킹한 채 막 식당 안으로 들어가고 있는 순간 백형으로부터 발목을 잡는 거두절미된 전화가 걸려 왔었다. 같은 서울하늘 아래에 살면서도 명절 때나 부모님 기일이 아니고선 상종하기가 쉽지 않은 형제간이고 보니 거두절미된 백형의 휴대전화기 저쪽 소리는 어떠한 지배감을 달고 내 가슴에 걸려 있었다. 긴히 할 얘기라는 백형의 어미에서 내가 퇴근 무렵까지 의문부호를 뗄 수 없었던 건 집안사 중에 중요한 문제가 아니고는 백형이 먼저 전화를 걸어오는 사실이 없었다는 나름대로 생각때문이었다.

회사 차고에 입고해야 될 차량을 사정 얘기를 하고 나는 백형과의 조우를 위해 그대로 운전대를 잡고 있었다. 퇴근 후에 동료기사들과의 모임이 있다고 전화로 집사람에게 둘러댔지만 출근 때 아무런 얘기가 없었는데 무슨 모임이냐고 약간은 부어터진 여운을 남기던 아내의 음성이 나를 떠나지 않고 있었다. 왕십리시장 부근에서 손님을 내려놓자 겨울을 재촉하는 듯한 빗살이 후드득후드득 차창에 닿고 있었다. 이미 빗살에 젖기 시작한 도로는 시간과 더불어 죽음의 빛깔처럼 어둑어둑 덮여 있었고 전조등의 명도는 수분에 흡수돼 안전운전에 방해롭기만 했다.

무엇일까? 퇴근길에 잠시 다녀가란 그 거두절미된 말이나 내용은…

더우기 '우리 형제들과 관계되는 일이라도 있느냐?'라는 내 질문에 상반된 대답을 던진 백형의 속내가 무엇인지 무척이나 궁금했지만 백형을 만나기 전에는 어떠한 해답도 찾지 못할 것이란 사실을 나는 알고 있었다.

백형은 도시개발예정지구 인근에서 공인중개사 사무실을 열어놓고 친구와 동업하고 있었다. 지방의 군청에서 오랜 기간 공무원으로 근무한 터라 특히 법원 경매물건에 대해서 남다른 재주가 있는 것 같다고 언젠가 백형이 부재한 틈을 타 종이컵에 커피물을 부으며 동업자 분이 언급한 소리를 들은 적이 있었다. 부모님을 부양하는 입장에서 경제적 여유로움이 없다면 우리들 아래 사 형제에게는 바늘방석일 터였기에 자주는 아니지만 어쩌다 듣게 되는 백형에 관한 전언이나 소문은 우리 형제들을 안도하게 했던 것이다. 풍문에 의하면 백형은 수완과 수입이 제법 괜찮다는 것과 유동적인 부동산 경기를 따라 더러는 지방 출장도 다닌다 했다. 어디까지나 풍문일 뿐, 기실 나는 백형에 대하여 아는 것이 별로 많지 않았다. 그만큼 우리 사 형제는 같은 장안에 살면서도 조우가 잦지 않았던 것이다.

도로가 막히는 시간대라 백형의 얼굴을 마주할 수 있는 시간은 오래 소요됐다. 차고에서 집까지 서너 번은 왕복할 수 있는 거리를 백형의 부름에 의해 비에 젖은 도시 외곽으로 차를 달리고 있다는 것은 유쾌한 일이 아니었다. 언제 한번 4형제가 모여 한가하게 아이들 자라는 얘기나 각자의 가정사라든가 또는 세상 돌아가는 얘기들을 아기자기 나눠온 사이도 아니고 네 속 내 속 허심탄회하게 주고

받아온 사이도 아닌 터라 백형의 부름에 응하는 심정엔 약간의 거부감도 없지 않았다.

비에 젖어 완전히 먹빛이 된 도로 위에서 가닥 없는 생각에 사로잡혀 상당한 시간을 소요한 후에야 나는 백형의 얼굴을 마주할 수 있었다. 지난 봄 부친의 휘일에 혼자 대면한 후 실로 오랜만이라 약간은 서먹서먹했다. 백형이 나를 오라고 한 곳은 백형의 사무실이었다.

"식사부터 하자구나. 너도 식전일 것 같아서 밥이라도 먹으면서 얘기하려고 식사를 예약해뒀다."

이미 저녁식사 시간을 넘긴 터라 백형은 당신의 차에 나를 태우고 예약해둔 식당으로 차를 달렸다. 짧은 순간이겠지만 몇 마디 나누면서 운전을 해도 좋으련만 백형은 말문을 열지 않았다. 무거운 공기가 둘 사이를 묶을 즈음, 백형이 차를 멈춘 곳은 『하와이 가든』이라는 간판 밑이었다. 제주도 똥돼지 통삼겹살 전문이라는 부제를 큼직하게 달고 있는 제법 규모가 큰 식당이었다. 우리 보다 앞서 주차를 한 손님들 몇이 식당문을 넘고 있었다. 카운터를 담당하고 있던 주인인 듯한 중년의 사내는 식당문을 들어서는 앞 손님들을 향해 예약 유무를 확인했으나 백형을 일별함과 동시에 목례를 올리며 친절을 앞세웠다. 백형의 얼굴이 통용되는 것으로 보아 단골집인 듯 했다.

백형의 말마따나 식당 안은 손님들로 가득했고 시끌벅적했다. 이십여 개의 식탁을 가득 메우고 있는 고객들은 하나같이 불판 위의 삼겹살에 정신을 쏟으며 소주잔을 들이키거나 젓가락질에 분주했다. 식당 의자에 엉덩이를 걸치면서 내가 아무리 삼겹살을 좋아한다기로서니 감탄까지야 할 일인가 싶어 입가에 실소가 번졌지만 나는 애써 감추어야 했다.

"오랜만에 너하고 둘이서만 소주 한 잔 하고 싶더구나. 직업상 네가 술을 안 좋아할 뿐 아니라 바쁜 줄도 알지만 나도 시간이 한가롭지 못하고. 인식이는 통 통화가 안 되더구나."

접이식 철제 의자에 엉덩이를 내려놓으며 뱉어내는 백형의 말은 참으로 뜬금없었다. 둘째 동생과 통화가 안 됐다면 바로 아래 동생과는 통화를 했다는 것인지? 중형 보다는 오히려 막내형이 백형에게 더 많은 반감이 있는 터라 나로서는 늘 백형과 막내형과의 화해가 염려될 뿐이었는데 백형은 둘째 동생 얘기부터 꺼내고 있었다. 막내형은 심지어 자신의 휴대전화기에 백형과의 통화거절을 걸어놓은 상태인 걸 나는 알고 있었다. 그래서인가? 아래 동생 얘기를 건너뛰고 둘째 동생 얘기를 언급하는 의도를 알지 못했던 것이다. 그 자리에서 중형 얘기를 빼놓고 막내형의 안부를 얘기하는 것은 나로서도 의문이었다. 물을 것도 없었겠지만 그래도 중형의 안부 한마디쯤은 서두로 깔며 둘째 동생을 얘기해도 좋았을 것이었지만 짐작으로 백형은 아래 동생이나 둘째 동생 모두의 안부를 알지 못함이 역력했다.

"형님! 정식이 형 안부는 알고 계시나요?"

"…………."

백형의 표정에 매달린 중형과 막내형에 대한 안부는 아무것도 없는 듯했다. 오히려 백형은 동생들의 안부에 대해 막내인 내게서 어떤 얘기를 듣고자 함이 엿보이기도 했다. 중형은 회사 일로 호치민 출장을 떠난다고 알려온 지가 달포에 가까웠지만 원체 소식을 접고 사는 사람이라 지금쯤 귀국했을 법도 하지만 나 역시 그 이후의 소식을 알지 못하고 있었으며 막내형은 부장 승진을 기다리고 있다는 소식을 들은 지 엊그제였으나 백형은 그러한 정보마저 듣지 못함이 확연했다.

"네가 삼겹살을 좋아해서 유명한 집으로 예약했다. 인근에서 소문난 집이란다. 먹어 보면 형의 선택에 너도 감탄할 거다. 언제 한 번 너희들을 여기로 초대할 계획인데……."

너희들! 너희들이라 함은 우리 형제들 모두를 의미하는 것인지?

"…………."

백형의 마지막 말을 가슴에 담으며 나는 입을 닫고 있었지만 진즉에 있었어야할 일을 이제야 막내동생에게 털어놓는 백형의 저의를 헤아려 보았다.

～

어머니가 갑자기 치매끼를 드러내시어 큰형수의 수발이 여간 힘들지 않다며 막냇동생에게 전화를 건네고 더 이상의 상의도 없이 어머니를 요양병원에 모신 것을 두고 우리들 아래 삼형제가 분개했던 것은 몇 년 전이었다. 백형의 결정된 행동에 아래 형제들이 간섭할 위치를 벗어난 후였다. 어머니가 형님 혼자만의 어머니냐며 천길만길 날뛰던 셋째 형은 그날로 백형과의 의절을 선언했었다. 어머니를 요양병원에 모시는 일이 백형의 선의의 뜻이었다 하더라도 아래로 셋이나 되는 동생들이 버젓이 살아 있는데 아무런 협의도 없이 내린 백형의 결정은 아래 동생들을 유령시하는 처사가 아니고 무엇이냐며 아버지 타계 후 유산에 욕심을 부린 백형에게 큰 불만을 나타내던 막내형은 더 이상 백형과의 조우는 없을 것이라 단언했던 것이다. 물론 막내형의 속내에 백형에 대한 원망과 소원함이 오래전부터 상당 부분 똬리를 틀고 있었다는 걸 알고 있었기에 이해가 가능했다.

"원망 많이 했제?"

백형이 뜬금없이 말을 뱉었다.

"뭐가요?"

백형의 속내에 가득한 질문의 요지를 알고 있었지만 나는 짐짓 아무것도 알지 못하는 체했다.

"미안하다. 욕심을 부리는 것도 한계가 있다는 걸 모르지 않으면서 장남이라는 위치 하나만 주장하다 보니 너희들에게 미안하게 됐구나. 정식이와 인식이가 나를 원망하는 것도 모르지 않지만 특히 막내인 네가 항상 마음에 걸리더구나. 너는 입을 닫고 있지만 나도 안다. 네 속에 담겨 있는 나에 대한 원망을. 네 형편이 하루 벌어서 하루 사는 처지임을 알면서도 눈을 감고 있었는데⋯⋯, 다만 아버지 돌아가시고 유산문제를 꺼냈을 때 형은 여러모로 생각했었다. 변명 같지만 당시에 어머니를 모신 터라 훗날이 걱정되더구나. 만약에 어머니가 병약하시게라도 되면 그 처치를 위한 걱정이 앞서더구나. 특히 어려운 네 처지가⋯⋯, 너를 생각해서라도 아버지 유산을 바로 나누고 싶었지만 정식이나 인식이도 상속권이 있는 터였기에 내가 욕을 좀 먹어야 되겠다는 생각을 했었다. 네 형수 역시 똑같은 생각이었고. 그러다 보니 본의 아니게 욕심 아닌 욕심이 생기더구나. 물론 훗날에는 어머니까지 갑자기 치매끼를 드러내시어 너희들과 상의도 없이 어머니를 요양병원에 모시기는 했다만 그땐 선택의 여지가 없었다.

노모에 대한 백형의 설명은 나로 하여금 가슴 미어지게 했다. 유산분배에 불만을 갖기 시작한 후로 우리들 아래 삼형제는 누구도 어머님의 병환을 마음에서 드러내지 않은 것이 사실이었다. 더하여서 상식 이하의 욕심을 거두지 않은 백형에 대한 반감으로 백형과 형수를 향해 치매 노인을 모시고 고생 한 번 제대로 해 보라는 악의적인 적개심까지 가득했었다는 회억감이 순간 가슴을 여미게 했다.

"정식이와 인식이 하고는 연락하고 지내느냐?"

백형의 궁금증이 무엇인지 나는 알지를 못했다. 내 속에 자리잡고 있는 답변의 궁색함을 알고 있다는 양 백형이 먼저 자책하는 말을 끄집어냈다.

"속내가 어쨌든 내가 벌을 받는 모양이구나. 이것저것 다 내 탓이다. 너희들 서운함……, 아니다. 그것을 서운함으로 표현하는 것도 말이 안 된다. 사실 나는 이러한 사태가 오리라고는 예상하지 못했었다. 물론 재물 앞에 의연할 사람이 어디 있겠냐만 그 때 내가 무어라 설명해도 아니 설명이라기보다 내게 어떤 계획이 있다고 너희들 몫을 잠시만 유보해 달라고 말 했다면 너희들의 오해도 없었을 터인데 하는 생각도 했었단다. 그러나 오늘날의 이 사태를 무시하고 넘기는 것도 훗날 더 큰 후회를 남길 것 같아서 늦었지만 그나마 시기가 적당하다 싶어 너를 보자고 했다."

백형은 그때까지도 삼겹살 살점을 단 한 점도 입으로

가져가지 않았다. 내 손이 삼겹살을 집어 몇 차례나 입으로 들락거린 것과는 대조적이었다. 술잔에 담긴 백형의 소줏잔이 자신을 마셔 달라는 듯 또는 우리 형제를 한자리에 모이도록 재촉하는 듯 작은 소줏잔 안에서 표면장력을 일으키고 있을 뿐이었다.

표정으로 보아 백형이 무슨 말을 머뭇거리고 있다고 생각한 나는 단도직입적으로 입을 열었다.

"형님! 집에 무슨 일이 있나요?"

"일은 무슨?……."

"형님! 형님 표정이 아무것도 아닌 게 분명해요. 무슨 일 있으면 말씀하세요."

백형은 잠시 머뭇거림을 보이다가 내 채근을 불식시키려는 듯 처음으로 술잔을 입으로 가져갔다.

"형님?!"

나는 백형을 똑바로 쳐다보며 대답을 채근했다.

"네 형수가 예전 같지 않다."

"예?!"

"한마디로 암이라는구나."

예기치 못한 백형의 대답에 나는 말문을 잃고 있었다.

백형은 이웃마을에 소재한 2년제 전문대학을 졸업하고 행정공무원 시험에 합격하여 군청공무원으로 근무하면서 아버지 일을 도왔다. 아버지는 우리 형제들이 성장하자 축산업을 시작했다. 백형은 아버지를 도와서 소들을 키워 송아지를 치고 송아지를 키워서는 황소로 팔아서 둘째, 셋째를 대학에 보냈다고 입버릇처럼 말 했었다. 그러나 나는 전국을 휘몰아친 광우병 파동과 이름도 생소한 AI에 의해 그 피해를 혼자 감내해야 했다. 고등학교를 졸업하고 더이상의 진학길이 막힌 나는 곧바로 운전을 배워 그 길로 삶의 진로를 택했던 것이다.

백형이 군청공무원으로 받은 보수는 단 한 푼도 아버지가 관리하는 계좌에 보태어지지 않았다는 걸 우리는 모르지 않았다. 어차피 백형의 돈은 백형 만의 것임을 부인할 수 없는 사실이었던 것이다. 더하여서 광우병에 대한 소용돌이의 결과가 내 전도를 차단한, 결과론적으로 학업을 계속할 수 없다는 절망감은 오래도록 내 속내를 벗어나지 않았던 것이다.

백형은 퇴직 후의 노년을 준비하겠다며 공무원 생활과 아버지를 돕는 틈틈이 공인중개사 자격시험을 준비하다가 지금의 직업으로 轉業했다. 우리는 백형의 그러한 준비과정을 못마땅해 했다. 우리야 중형과 막내형 그리고 나 세 사람이었지만 어쨌든 우리는 백형이 지방공무원으로서 정년까지 자리를 지켜주길 기대했었다. 공무원의 정년퇴직은 그야말로 퇴직금과 국민연금이라는 제도가 노후를 보장해 주는 터인데도 뜬금없이 공부라는 핑계로 연로하신 부모님에게 소홀할 수 있다는 우려가 앞섰던 것이다. 물론 연로하신 부모님을 모시는 일이야 백형 보다는 형수의 몫이 더 컸겠지만 욕심이 남다른 형수임을 우리가 모르지 않았기에 우리는 백형의 퇴직 후의 부동산 중개업은 시쳇말로 한물 간 업종이 될 거라 주장하며 백형의 고집을 만류하기에 여념 없었던 때도 있었던 것이다. 그러나 우리의 그 우려를 불식시키기라도 하려는 듯 백형은 공인중개사 자격증을 어렵잖게 취득한 후 오래지 않아 다니던 군청에 사표를 제출하고 군청 부근에 공인중개사 사무실을 개업했었다. 우리들 4형제의 생활터전이 다르다지만 제법 우애를 소문내고 있던 터라 형제간에 왕래 또한 잦았었기에 부모님은 우리 형제들에 대한 어떠한 편견이나 우려를 나타내지 않으셨다. 더하여서 들리는 소문이나 풍문들은 백형의 수입이 공무원 시절보다 낮다는 소문들이어서 그러한 소문을 들을 때면 나는 다행이라 여겼던 것이다. 그런 백형이 부동산 경기에 대한 소문을 쫓아 노부모님을 모시고 도회로 온 건 백형으로선 어쩌면 당연한 귀결이었는지도.

도회지의 부동산 경기는 군청 소재지의 그것과는 비교불가였다. 군청 소재지의 아파트 한 동 값이 수도권의 아파트 한 채 값에도 미치지 못한다는 사실에서 백형은 구미를 돋우었고 그로 인해 백형의 사업은 순풍에 돛을 단 망망대해의 편주였다.

4형제 모두가 수도권에 생활의 근거지를 뒀다는 현실은 부모님과 백형에게 나름대로 안정감을 안겨주는 듯했다. 틈틈이 부모님을 찾아뵙고 살아가는 환경을 말씀드림은 물론 아들들과 그 가솔들의 행복한 삶들을 몸소 지켜볼 수 있다는 사실감에서 부모님의 행복감도 다르지 않으신 듯 했지만 문제는 부모님의 연로하심이었다. 낯선 환경에 쉽게 동화될 수 없는 분들이라 처처곳곳에 경로당이 있고 몇 발짝 문 밖을 나서면 노인정이나 노인회관이 있다지만 시골에서도 그러한 시설을 즐겨 찾지 않으시던 부모님이 낯선 도회지의 노인정을 찾을 리 만무했다. 물론 두 분 부모님의 성격상의 문제점도 없는 게 아니었지만 불야성 같은 도회지의 화려함이 시골생활에 인이 박힌 노인네들의 정서를 수용할 장치는 쉽게 찾아지지 않았다. 그렇다고 시골에서처럼 논밭이 있어 논밭 일을 둘러보시는 것도 아닌 어정쩡한 도회지 생활에 마음 두실 곳을 찾지 못하셨던 것이다. 결국 바깥생활이 차단된 노부모님을 모시는 일은 오롯이 형수의 몫으로 귀결되고 있었다. '긴 병에 효자 없다'는 말처럼 바깥출입이 없는 시부모를 수발하게 된 큰형수에게 새로운 변화가 일어나고 있음을 백형은 알지 못했다. 마누라의 육신에 유착되고 있는 바람직하지 못한 변화를 알아채지 못한 결과는 연로하신 아버지에게 귀착되고 말았다. 백형은 오로지 아내에게 건네주는 막대한 생활비의 규모만을 자신의 능력으로 치부하며 자기생활에 만족해 했다.

그러나 큰형수는 예전 같지 않았다. 맏며느리로서의 자기 위치를 명징하게 지키려는데 소홀하지 않던 큰형수가 어느 날 막내 시동생에게 전에 없던 히스테리를 보이고 있었다. 시부모님을 극진하게 모시는 것에 대한 감사인사를 전했을 때 큰형수님은 나를 오싹하게 했던 것이다.

"연세 드신 부모님 모시는 일이 누구에게 인사 한마디 들을 만큼으로 간단한 일인 줄 아세요?"

"…………."

내가 들을 소리는 아닌 듯 했다. 큰형수의 노역이나 고역을 모르는 바는 아니지만 이제 얼마 후면 큰형수 또한 누군가의 시모가 될 처지가 아니든가. 나아가 우리 형제들이 큰형수를 존경했던 것이나 감사했던 것들이 이제껏 효부라는 찬사 속에서 자기 위치를 단단히 부여잡고 있던 큰형수에 대한 고마움 때문일 터인데 큰형수가 왜 저리 변했는지는 차치하고라도 과연 내 부모님을, 아니 연로하신 시부모님을 모시는 일이 저토록이나 시동생에게 불만을 드러낼 일인지 생각되었다. 나는 중형과 막내형에게 내가 목격한 큰형수에 대한 정황을 나타내지 말았어야 했다. 두 분 형님들이 백형네에게서 야기되고 있는 실정을 알아서 도움 될 일이 무엇일까를 생각했던 것이다. 그러나 내 입이 닫혀 있다고 해서 세상사의 어느 하나가 영원히 묻혀지는 것도 아닐 터, 중형의 제안으로 아래 삼형제가 자리를 같이한 적이 있었는데 내가 알고 있는 백형 집안의 내용을 중형도 알고 있었다. 그 자리에서 중형은 부모님을 언급했다.

중형의 말 끝에 먼저 심경을 드러낸 것은 막내형이었다.

"어쩐대요? 형이나 제가 모실 처지도 아니고. 그렇다고 막내는 더더욱……."

막내 형은 중형을 바라보며 말문을 열었지만 중형은 가타부타 말이 없었다. 중소기업체의 과장자리가 얼마나 불안한 자린줄 아느냐며 자기 불만을 입버릇처럼 뱉어내던 작은 형인지라 그 자리에서도 자기 합리화는 필요했으리라 생각되었다.

"그래도 정식이 형은 부모님을 모시면 부양수당이라도 나오지 않나요?"

자신 안에 불만을 쟁여넣고 있던 작은 형이 그중 형편이 나은 중형을 바라보며 입을 열었다.

"너도 그렇다. 노부모 부양수당이 얼마나 된다고 그러느냐? 지금이야 국영이니 그나마라도 형편이 낫다고 하겠지만 민영으로 돌리면 그땐 어쩐다니? 그러잖아도 요즘 민영으로 돌릴 것이라고 소문이 돌고 있는데……. 또 퇴직이라도 한다면 그땐 어떡할래? 퇴직 후엔 연금으로만 살아야 하는데 내가 말은 안 했지만 노후 생각을 하면 나도 얼마나 불안한지 모른다. 네 형수는 내가 퇴직한 후를 생각해서 벌써부터 장사 자리를 알아보겠다고 가게 자리를 알아보고 다닌다고 야단이다."

모두가 자기 살 궁리에 열심이었다. 지방대학 출신이라 승진에서 불리하다는 말을 종종 뱉어내던 중형과 등록금과 생활비가 많이 든다며 서울 소재 대학에 다니지 못하게 했던 부모님과 백형에 대한 원망을 숨기지 않던 작은형에게 나는 그나마도 대학을 다니지 못했다며, 그래서 겨우 달구지로 밥을 빌어먹고 있다고 대들던 때가 있었기에 나는 아무런 말을 하지 않았다. 짚신도 짝이 있다는 옛말이 통했음인지 그러한 내게도 결혼할 기회가 찾아와 지금의 아내를 맞이했지만, 그리하여 아들딸을 삼 남매나 두었지만 아내와 나는 세 아이들에 대한 교육문제로 항상 시름에 잠겨 지내는 처지였다.

백형을 제외한 우리들 아래 삼 형제가 서로들 자기 살 궁리를 설파하는 사이에 아버지와 어머니는 우리와의 영원한 이별을 알려왔다. 아버지는 어머니와 함께 잠들었던 방에서 깨어나지 않으셨으며 어머니는 아버지를 보내신 후 말문을 닫고 지내시다가 얼마 지나지 않은 무렵부터 치매끼를 나타내셨고 결국 요양병원에서 당신의 생을 마감하셨던 것이다.

백형이 부탁한 대로 나는 중형과 작은형을 일일이 만나 우리 형제들의 우애를 강조했다. 물론 형수의 투병 내용은 발설하지 않았다. 중형이나 막내형 모두 백형이 자기 욕심을 버린다면 우리가, 우리 형제의 우애가 예전처럼 안 될 이유가 어디에도 없다고 얘기했다. 중형이나 막내형의 가슴속에 그러한 감정들이 존재한다는 사실 만으로도 나는 안도했다. 남달리 먹은 마음이 오래 가는 막내형은 아래 동생의 간언이 마음에 걸렸든지 내 손을 잡고 몇 번이나 흔들기도 했다. 나는 우리 형제들의 우애를 다지기 위한 책무를 지니고 있음이라 생각했다. 백형의 의도를 알고 난 이상 백형이 하지 않은 말이라도 보태어 우리 형제들이 한 자리에 모일 수 있는 시간을 만들어 내야 했다. 하지만 오래도록 닫고 있던 백형에 대한 아래 형제들의 원망과 단절감은 쉽게 풀어지지 않을 것이라는 생각만은 사라지지 않았다. 이미 각오한 일이었다. 중간자 또는 중재자의 역할

이 어떠한 것인지를 알고 있는 이상 어떠한 경우라도 나는 최선을 다해야 했다. 그러한 것이 지성이면 감천으로 이어질 수도 있다는 생각에도 변함이 없었다. 중형이나 막내형이 막내동생이 오며가며 전하는 백형에 대한 감정의 변화는 모두의 가슴에 응어리로 존재하던 감정들을 약간씩 풀어지게 하는 것을 보이기도 했기에 나는 형제들 사이의 중간자로서 머뭇거리지 않았다.

속일 수 없는 것이 계절이라 했든가? 가을이 제 소임을 마치고 마지막 흔적을 거두며 다음 계절에 모든 것을 위임하고 물러설 준비를 하고 있었다. 포도에 떨어진 플라타너스 잎이나 노란 은행잎들은 바람이 뒹굴고 있는 아스팔트 위를 치달으며 몰려다니고 있었다. 나는 마감과 함께 택시를 회사 차고에 넣어놓고 중형의 차를 운전하여 작은형의 집을 돌아 백형의 집으로 향했다. 직업적 특성이 우선했겠지만 운전 솜씨가 탁월함을 알고 있는 중형이 차 키를 넘기며 던진 제안이었다. 나는 중형의 속내를 읽고 있었다. 두 분 형들은 분위기를 보아서 싫든 좋든 술도 한 잔 하실 요량임을. 두 분 형은 백형의 속내를 알지 못해 궁금해 했지만 나 또한 아는 것이 많지 않았기에 짐작되는 말이나마 뱉어낼 수 없었다.

　"이유가 어디에 있든 우리 형제가 오늘날과 같이 불목하게 된 원인이 모두 나에게 있는 줄 잘 알고 있다. 우선은 미안하다. 그래서 오늘 같은 시간이 늘 필요하다고 생각하고 있었다. 오늘 형제들이 모인 김에 얘기를 좀 나누자꾸나. 핑계 같은 말이지만 우선은 형의 욕심에 계획이 있었다. 나는 그것을 욕심이 아니라 계획이라고 변명하고 싶다. 사실 내가 하는 사업에도 여윳돈이 필요하더구나. 경매가 됐던 공매가 됐던 상황에 따라서 먼저 내 돈으로 물건을 구입해 놓았다가 꼭 필요한 구매자가 나타나 매매를 하게 되면 수입 면에서 유리할 때가 심심찮게 발생하다 보니……. 너희들도 알다시피 그때 내가 무슨 가진 돈이 있었더냐? 결국 내 계획이 순조롭게 진행되어 맏형으로서 이제 너희들 닫힌 마음을 조금이나마 풀어줄 수 있겠다는 생각이다. 자! 다른 말은 하지 않으마. 구차하게 말을 더 뱉는 것 보다 그동안의 형의 계획이 여기에 들었다. 너희들 입장에서야 부족할지 모르지만 내 성의라 생각하면 고맙겠다."

백형은 그 말을 끝으로 각각의 동생들 앞으로 저금통장과 막도장이 든 은행용 비닐봉투를 내밀었다. 둘째 형과 막내 형은 머뭇거림 없이 백형이 내민 통장을 열어 보았다. 그러나 나는 두 분 형들과 같은 행동을 보일 수가 없었다. 내 속내를 드러내고 싶지 않아서 였다. 유산이라면 위의 두 분 형들보다 4형제의 막내인 내가 더 가슴칠 노릇이었지만 아내의 표현대로라면 그것이 우리의 분복일 걸 어찌하겠느냐 하면서도 백형을 원망하며 살아온 세월이었던 것이다.

"막내도 통장 열어 보거라."

막내 동생의 머뭇거림이 무엇을 의미하는지 알 수 없는 백형은 말과 함께 자신의 턱을 앞으로 삐죽거렸다. 나는 머뭇거림을 유지하면서 앞에 놓인 통장을 손에 잡았지만 비닐 속의 통장에 관심을 드러내지 못하고 있었다. 그러나 감추어진 내 속내를 오래도록 유지한다는 건 더 어려운 위장된 자기기만이었다. 결국 나는 통장에 찍힌 숫자에 잠시 눈길을 두었다가 백형 쪽으로 눈길을 돌려야 했다.

"아니, 큰형!"

나는 더 이상의 말문을 열지 못했다. 내가 열어 본 통장

안에는 상상하지 못했던 숫자가 찍혀있었던 것이다. 적어도 내게는 그랬다.

"형! 이제 우리도 먹고 살기 어렵지 않아요. 비록 월급쟁이로 먹고 살지만 어느 정도 기반이 잡혔다고 생각하고 있어요. 막내는 모르겠지만 작은형이나 나나 모두 자가를 소유했고 아이들 교육비도 어느 정도는 마련됐다고 생각하고 있습니다. 우리가 지금껏 말하지 않았지만 형님과 형수님이 아버지 어머니를 모시느라 고생하신 걸 다는 아니라도 어느 정도 알고 있는데……, 그러니 이 돈은 계속해서 형님이 가지고 계셨으면 합니다."

중형은 백형으로부터 받은 통장을 일별한 후 그대로 백형 앞으로 내밀었다. 그와 동시에 작은형은 무엇인가를 망설이는 듯한 모습을 드러내고 있었지만 별다른 결과를 도출해 내지 않았다.

나는 중형과 작은형의 언행을 물끄러미 바라보며 내 행동의 미래가치를 계산에 넣고 있었다. 중형과 작은형의 살림살이는 나와 비교할 바가 아니었다. 내가 일별한 통장의 각인 금액은 눈만 뜨면 터뜨리는 마누라의 돈타령을 오랜 시간 잠재울 수 있는 수치(數値)였다.

"둘째형, 작은형!"

나는 백형을 제외한 두 분 형을 언급하며 내 사정을 얘기했다. 내 앞에 놓여진 통장 하나로 당장 우리 형편이 달라질 수 있다는 계산을 속내에 전제하며 욕심을 내 안으로 쟁여넣고 있었다.

"안다, 다 알아. 지금까지 표현하지 않았지만 막내가 어떻게 지내고 있다는 걸 알고 있었다. 다만 우리도 지금에야 생활이 나아지고 있어 어쩔 수가 없었다. 그러나 이 자리에서만큼은 네 뜻대로 해도 탓할 사람 아무도 없다."

말 빠른 작은형이 내 편에서 앞서주었고 이어서 중형도 내 편에서 나서 주었다. 그동안 말은 하지 않았지만 사실 나는 은근히 백형으로부터 약간의 도움을 기대하고 있었다. 내가 중형이나 막내형과의 관계를 유지하고 있는 만큼 백형과의 관계도 지속적으로 유지하려고 노력한 속내에는 백형으로부터의 도움을 전제한 까닭이 있었던 것이 사실이었다. 그러나 백형은 막내아우의 어려움을 알면서도(나는 백형이 내 실정을 모두 알고 있다고 생각했었다.) 막내아우의 실정을 모르는 체하는 것이 서운한 적이 한두 번이 아니었던 것이다. 다만 유산에 대한 소유권을 선점할 수 없는 막내라는 위치를 한탄할 뿐 어떠한 서운함도 표면에 나타내지 못했던 것이다. 더하여서 주변에서 조언이라며 보태는 말들은 유산에 대한 소송이었지만 형제간의 불협화음을 광고하는 것과 소송대리인에게 금전적 이득을 건네는 것일 뿐 생각 만큼의 소득이 없다는 중형의 만류로 더이상의 결론을 도출하지 않았던 것이다.

오랜 시간의 기다림에 대한 보상이었는지 백형은 내 기대의 저변에 존재하던 숱한 원망을 차감할 수 있는 선처를 베풀어 주었다. 그로 인해 나는 입버릇이 된 아내의 돈타령을 듣지 않아도 될 것으로 생각했으며 그날 이후 변함없는 나날 속에서도 그야말로 마음이 평온한 날이 연속되고 있었다.

몇 주가 지나자 백형은 가족 모두와 부모님 유택의 성묘를 제안했다. 아들 며느리는 물론 손자들까지, 어느 한 사람 빠짐없는 참례라 했다. 특히 막내동생의 비번 날로 택일한다고 했다. 나는 비번 날과 휴일이 겹치는 날을 계산하여 백형에게 전했다. 그렇게 날짜가 겹치는 약속한 휴일 오전, 우리 4형제와 며느리 아이들은 약간의 제수를 장만하여 부모님 유택을 찾았다. 그날은 부모님의 기일도 생신도 아니었다. 오로지 4형제가 화합을 이룬 새로운 날이었다. 참으로 오랜만에 4형제와 아이들 모두가 함께 찾아뵙는 즐겁고 행복한 성묘였다. 우리는 모두 나란히 서서 부모님 유택에 소주잔을 올리고 절을 올렸다. 그렇게 성묘를 하고 돌아서 언덕길을 내려오는 내내 큰형수를 포함한 아들 며느리는 물론 조카들 포함 이십여 명은 한결같은 웃음꽃을 피워내고 있었다.

입춘을 지난 지도 이미 여러 날이었다. 지속되는 을씨년스러운 계절감이 천지간에 머물고 있어 아침마다 외투 깃을 올려야 했지만 허공으로 날려 보내는 시선 끝은 한결 가벼웠다. 입버릇 같았던 아내의 돈타령이 내 고막을 친견하지 않음은 세상없는 행복감이었다. 나는 차 문을 열며 귀에 익은 가락 하나를 허밍으로 조각하고 있었다.

"나아는 행복합니다아, 나아는 행복합니다아."

7

木炭으로
그린 그림

묘촌 입구로 들어서자 백납이라도 매단 듯 내 발걸음은 자꾸 주춤거렸다. 반세기 가까운 시간 저쪽에 꽂아놓은 내 유년의 실루엣들이 걸음을 옮길 때마다 목덜미에 감겨 몇 번이고 주위를 돌아보게 했다. 이내가 밤공기에 묻히기 전의 묘촌은 조용했지만 내 의식은 마을 사람들의 시선을 피하려는 데에만 골몰했다. 돌이켜 생각해도 나밖에 몰랐던 과거사에 대한 자책이었다.

부모님의 유택으로 향하는 길 양편으로 나지막한 산들이 길게 자리하고 있었고 이산저산에서 산새들이 저녁회의라도 하는 것인 양 지저귐이 자심했다. 나는 허흠 하며 큰 소리로 헛기침을 두어 번 뱉어냈다. 순간 약속이나 한 듯 산새들의 지저귐 소리는 동시에 멈추었다. 누구네의 개인지 멀리서 컹컹거리며 마을이 있다는 듯 신호를 보내오고 있었다. 그와 동시에 마을의 개 짖는 소리들이 삽시간에 어둠으로 물들어가는 천지간을 메우고 있었다.

그 짧은 시간, 나는 원근에서 들려오는 개 짖는 소리에 이끌려 황구였던 진돌이를 생각했다. 유달리 맵시가 좋아 보는 사람들의 구설에 자주 올랐던 진돌이는 내가 상급학교 학업을 위해 더 큰 도회지로 떠나는 시간까지 내 동생이었고 유일한 친구였던 것이다. 사십 년 저쪽의 일이었지만 나는 그 무렵의 기억을 오래도록 가슴에 담아놓고 있었다. 집을 나선 가족들이 사립문을 열기도 전에 이미 식구들의 발소리를 알아채고 웅웅거리며 짖어대던 진돌이는 읍내 오일장에서 그 무렵의 화폐가치로는 제법 거금을 지불하고 내 팔에 안겨왔던 암컷 진돗개였다. 물론 강아지 값은 아버지가 지불하셨지만 진돗개 강아지를 초등학교 5학년생, 가녀린 팔에 안고 집으로 향할 때의 기대감과 흥분을 나는 지천명을 지난 지금도 잊지 못하는 것이다.

나는 진돗개 강아지를 안고 집으로 오던 날의 그림들을 회억했다. 어미 젖을 뗀 지가 보름 정도 됐다던 진돗개 강아지는 마치 똥개처럼 보였지만 진돗개 새끼라는 장사꾼의 말만 믿고 나는 아버지를 졸랐던 것이다. 아버지나 나나 사람 말을 잘 믿는 성격이라 그 작은 똥개가 크면 분명한 진돗개가 될 것이란 말에 신이 났었던 것이다.

보름이 지나고 달포가 지나도 강아지는 진돗개의 모습을 보이지 않았다. 나는 장사꾼 할아버지가 우리를 속인 것으로 생각하고 장날을 기다려 강아지를 물리러 가자고 아버지를 졸랐었다. 그러나 아버지는 어린 아들의 분개하는 모습을 보면서도 조금 더 참고 강아지를 키워보자고 나를 타일렀었다.

"재민아! 사람이란 어려운 일이나 힘든 일이 있을 때 참고 기다리거나 견뎌낼 줄도 알아야 나중에 큰 사람이 될 수 있다 안 카나. 장날마다 나오는 할밴데 설마 강아지 할배가 우리 재민이를 속였겠나? 아버지 말 알아 들었제?"

평소에도 가족들의 서두름을 나무라시는 아버지는 아들의 참지 못하는 마음에 인내를 배우게 하셨던 것이다.

강아지는 한참을 더 자란 후에야 진돗개의 모습을 보이기 시작했다. 강아지 적에는 두 귀가 축 늘어지고 꼬리마저 볼품없는, 마치 똥개 같은 모습이었으나 자라면서 쫑긋해지는 귀를 나타냈으며 꼬리는 자라는 만큼씩 돌돌 말려 올라가 보는 사람들로 하여금 절로 '그놈 잘 생겼네'라고 입을 타게 했던 것이다. 나는 진돗개의 이름을 진돌이라 지었었다.

나는 진돌이가 자랑스러웠다. 학교가 파하면 시오리나 되는 거리께의 집을 향해 나는 뛰고 또 뛰었었다. 그런 나를 향해 엄마는 '진돌아, 형아 왔네'라고 놀렸었다. 어느 순간 내가 진돌이의 형아가 돼 있었지만 나는 그 부름이 싫지 않았다. 진돌이와 함께 집 부근의 산과 들판을 뛰어다니면서 노는 재미는 학급의 여느 친구들과 노는 것보다 즐거웠었다. 어느 날, 수업종료 종소리와 동시에 집을 향해 뛰어가는 내 뒤통수를 향해 친구들이 축구게임을 하자고 유혹을 날렸지만 나는 뒤도 돌아보지 않았었다. 그전까지만 해도 축구는 내가 가장 잘 할 수 있는 놀이 중의 놀이였다. 그렇게 진돌이에 미쳐 지내기를 몇 개월, 어느 날 개 줄을 풀어놓고 학교에 다녀온 나는 엄마로부터 놀랄 만한 말을 들었었다.

"재민아! 진돌이가 꿩을 잡아 왔다. 얼마나 큰 놈을 잡아 왔는지 우리가 묵고도 니꺼가 한 그릇이나 남았다. 아직 안 식었으니 빨리 묵어라."

나는 엄마의 말을 믿지 않았다. 아무리 진돗개라지만 개가 꿩을 잡아 왔다는 소리는 아직 들어본 적이 없었던 것이다. 더욱이 아직은 어린 강아지가 아닌가 말이다.

"엄마! 공갈 때리지 마라. 개가 어떻게 꿩을 잡나?"

"야 봐라. 엄마가 뭐 할라꼬 아들한테 공갈 때리겠나. 참말이다."

"참말이가?"

"엄마 말 못 믿겠으면 아버지한테 물어봐라."

아버지한테 물어보라는 엄마의 말을 확인하기 위해 아버지를 찾았지만 더위를 피해 해그름 녘에 밭일을 나간 아버지가 집에 계실 리 만무하였다.

나는 아버지가 계실 밭으로 내달렸다. 아버지는 뒷산 화전에 계셨다.

"아버지요! 엄마가 그러는데 진돌이가 꿩을 잡았다면서요. 참말인교?"

"임마야! 엄마가 니한테 뭐 할라꼬 거짓말하겠나. 참말이다."

"참말인교, 아버지?"

"그래 맞다. 참말이다."

아버지에게서 진돌이가 꿩을 잡았다는 소리를 듣고 나는 단숨에 집으로 뛰어왔다. 나는 진돌이를 쓰다듬고 또 쓰다듬었다.

"재민아! 진돌이 그만 쓰다듬고 빨리 꿩고기 먹어봐라."

엄마는 마당에 놓인 평상 위에 노란 양은냄비를 올려놓으며 냄비 속의 음식을 먹기를 재촉했다. 꿩고기는 약간 쌉쌀한 맛이었고 쫄깃쫄깃했다. 쌉쌀하다는 표현이 어떤 것을 뜻하는지 알 수 없었지만 꿩고기를 입에 넣고 우물우물 씹고 있는 아들을 향해 엄마가 그 맛을 대신 표현했었다.

"괜찮나?"

엄마가 물었었다.

"뭐가?"

"맛이 괜찮나 말이다?"

꿩고기를 입에 넣고 우물거리며 내가 대답했다.

"응, 맛있다."

"좀 쌉쌀하제?"

"………."

엄마의 쌉쌀하제란 물음에 나는 대답을 하지 못했다.

정확히 엄마의 말 뜻을 알지 못했던 것이다. 그날 이후 나는 틈만 나면 진돌이를 앞세우고 집 부근의 산을 훑고 다녔다. 매번은 아니지만 종종 인기척을 느낀 꿩들은 빠른 걸음을 해대다가 날개를 푸덕거리며 날아올랐고 그 순간을 기다렸다는 듯 진돌이는 목표물을 향해 잽싸게 뛰어올라 꿩을 입에 물곤 했다. 세상에서 그렇게 재미있는 놀이를 해본 적이 없었던 나는 진돌이가 우리 집에 온 이후 학교 수업시간 외에는 일체 공부를 하지 않았다. 그때만 해도 중학교 진학을 입학시험을 치르던 때라 나는 진돌이와 노는 재미에 빠져 겨우 중학교에 입학할 수 있었다. 정말 성적이 형편없었던 것이다. 그러나 나는 내 성적에 대해 걱정하지 않았었다. 마음 다잡고 공부에 매달린다면 상위권으로의 도약은 어렵지 않다는 걸 내 주변의 많은 이들이 인정해 주고 있었던 것이다.

성적표가 바닥을 친 것을 안 날, 나를 향해 아버지는 도대체 커서 무엇이 되려고 그러느냐면서 처음으로 회초리를 들어 막내아들의 종아리에 몇 줄의 한일자를 그어놓기도 했었던 것이다. 그러나 아버지의 회초리는 나를 공부에 붙들어 두지 못했다. 공부보다 재미있는 놀이가 바로 옆에 있는데 그깟 공부가 머리에 들어올 리 만무하였던 것이다.

"재민아! 니가 공부 안 하고 그렇게 진돌이와 돌아다니면 아버지가 진돌이를 잡아묵어뿔끼다."

그날 아버지의 그 소리는 어린 내 가슴에 총알이 뚫고 지나갔다. 형과 누나는 이미 고등학교에 입학하면서 읍내보다 큰 이웃 도시에 자리를 잡고 있었기에 집에는 나와 놀아줄 것이라곤 진돌이밖에 없었던 것이다. 그러한, 동생이나 다름없는 진돌이를 잡아 먹는다는 아버지의 폭탄선언은 한동안 내 머릿속을 하얗게 만들었는데 결국 아버지의 그 폭탄선언은 약효를 나타내지 않을 수 없었다. 그러나 아버지의 폭탄선언은 약효를 오래 지속하지 못했다. 이십 리 밖의 중학교에 입학하고서도 멈추지 못한 진돌이와의 꿩잡이가 진돌이를 잡아먹는다는 단 한마디에 주춤했었으나 공부를 하고자 책을 펼치면 책 속의 활자와 그림들이 모두 진돌이아 꿩으로 변하여 나를 괴롭혔던 것이다.

나는 꾀를 냈다. 아버지가 가까이 계실 때는 방에 틀어박혀 공부를 하는 척 했으나 아버지가 시선에 잡히지 않으면 나는 틈틈이 진돌이를 앞세우고 인근 산을 찾았던 것이다.

그렇게 몇 달인가를 지낸 늦은 봄 어느 날, 학교에서 돌아와 보니 진돌이가 보이지 않았다. 사립문을 열기도 전에 멀리서 내 발자국 소리를 듣고 펄쩍펄쩍 날뛰던 진돌이였는데, 진돌이는 그림자도 보이지 않았다.

"엄마! 진돌이는?"

"………."

"엄마! 내 말 안 들리나?"

"………."

"엄마?!"

"와?"

엄마의 음성에도 칼날이 서 있었다.

"진돌이는?"

"몰겠다."

"엄마가 모르면 누가 아나?"

"누가 아는지 내가 우째 아나?"

그날 모자지간의 공방은 결론없이 끝났지만 잃어버린 진돌이에 대한 나의 아쉬움은 한동안 나로 하여금 모든 것에 의욕을 잃게 했다.

며칠째, 나는 공부를 하지 않았다. 아버지의 회초리쯤

은 얼마든지 맞으며 대항하겠다는 각오를 가슴에 담고 있을 무렵 아버지는 술을 몇 잔 드신 듯이 비틀거리며 사립문 안으로 들어서고 계셨다.

"아버지요! 진돌이 어떻게 했는교?"

나는 다짜고짜 물었다. 그야말로 단도직입적이었다.

"개장수한테 팔았다. 니가 진돌이 때문에 공부를 안 하는데 우째 그냥 놔두나?"

아버지의 대답은 망설임이 없었다.

"누구한테 팔았능교? 가서 찾아올랍니다."

"누구라면 니가 아나? 그리고 돈은 있나? 진돌이, 비싸게 팔았다."

나는 주먹을 불끈 쥐고 있었다. 열네 살, 중1짜리가 완력으로 상황을 어찌해 보겠다는 것이 아니라 불식간에 팔려 간 동생 같은 진돌이에 대한 그리움과 분한 마음의 표현이 여린 주먹에 깊게 담겨 있었던 것이다.

그렇게 또 며칠이 흘렀다. 시간을 알 수 없이 밤이 깊어가고 있었다. 잠을 이루지 못한 나는 이불을 들췄다가 덮었다를 계속하고 있었다. 잠이 오지 않는, 아니 잠이 올 리가 없는 밤을 지키며 산과 나무들을 훑고 지나가는 밤바람 소리를 나는 내 어린 가슴에 담아내고 있었다.

"컹컹컹!"

어디에선가 그러한 소리가 들려왔다. 바람에 뒹구는, 정체를 알 수 없는 그 무엇의 소리인 듯 소리는 간헐적이었다. 나는 벌떡 몸을 일으켰다. 환청인지 실지인지는 알 수 없었지만 나는 그 소리를 개 짖는 소리로 단정했다. 그리고 얼마 지나지 않아서 그 소리의 정체가 나의 고막을 사로잡았던 것이다.

"컹컹컹!"

벗어놓은 바지를 찾아 입을 겨를도 없이 나는 팬츠 바람으로 몸을 일으켰다. 개 짖는 소리는 더 가까운 곳에서 다시금 내 고막을 채워 넣고 있었다. 그 소리는 분명코 나를 앞에 두고 달려오는 진돌이가 짖는 소리라 확신했다.

그사이에 개 짖는 소리는 이미 사립문 바로 앞까지 도달해 있었던 것이다.

"진돌아! 알았어."

나는 사립문 밖의 개를 확인할 겨를도 없이 진돌이라 부르며 달려 나갔다. 내 기척을 느낀 사립문 밖의 개는 더욱 큰 소리로 짖어대고 있었다. 한 발 앞을 구분할 수 없는 어둠 속에서도 짖어대는 개의 음성은 진돌이임을 확신하게 했다.

검은 고무신 한 켤레만 올려져 있는 댓돌에서 사립문까지의 거리는 멀었다. 평소에 엎어지면 코 닿을 거리라고 생각했던 그 거리가 몇십 리는 되는 양했다. 그러나 너무 급히 서두르는 바람에 댓돌 끝자리를 잘 못 짚어 나는 그대로 공중부양을 하고 말았다. 순간 전신으로 어떤 아픔이 밀려들었지만 딱히 아픈 곳을 알지 못한 채 나는 사립문을 향해 기는 듯 뛰었다. 아니 뛰는 듯 기었다는 게 옳은 표현이리라.

사립문을 열자 칠흑 같은 어둠 속에서도 진돌이의 반가움을 표현하는 몸동작이 느껴졌다. 진돌이 또한 한 치 앞이 보이지 않는 어둠 속에서도 나를 알아보고 컹컹거리며 제 몸을 내게 깊이깊이 비비고 있었다. 며칠 간의 이별에 쌓였던 그리움들이 서로의 몸을 통해서 교감하고 있었다. 진돌이를 쓰다듬고 쓰다듬으며 나는 그날 날밤을 세웠던 것이다.

나는 다시금 신명나는 시간을 보내기 시작했다. 그러나 진돌이의 그간의 행적에 대한 궁금증은 조금도 제거되지 않았다.

　진돌이가 돌아온 후의 다음 일요일과 그다음 날은 법정 공휴일이었고 또 그다음 날은 형이 다니는 학교의 개교기념일이라 집에는 밭일을 나가신 아버지와 엄마를 빼고는 우리 가족이 모두 집에 있었다. 반공일(토요일−당시만 해도 토요일은 오전수업이 있었다.) 오전 수업을 마치고 오랜만에 집에 온 형을 위해 저녁에는 시원한 콩국수를 밀어주신다는 엄마의 약속이 있은 후라 형도 누나도 좁은 방에 모여 앉아서 공부를 하며 엄마를 기다리고 있었는데 조용하던 공간을 깰 듯한 기세로 진돌이가 짖어대고 있었다. 순간 누나는 형을 바라봤고 형은 나를 돌아다 봤다. 조용하던 진돌이가 갑자기 짖는다는 것은 필경 부근의 어딘가에서 누군가의 인기척이 있다는 암시였다. 나는 방안에 앉은 채로 몸을 약간 돌려 열린 방문 너머를 유심히 살폈다. 열린 방문 저 너머에서는 사람의 흔적이 있었으며 그 사람은 우리 집 쪽으로 방향을 잡고 오고 있음이 확연했다.

　"형!……."

　누군가가 오고 있다는 암시를 담은 부름에 형과 누나가 동시에 반응했다.

"사람이 오는데……."

문밖을 향해 시선을 던진 형의 입에서 나온 말엔 혹시 아는 사람이냐는 반문이 배어 있었다. 나는 제법 멋을 부리는 모양새로 양쪽 어깨를 으쓱했다. 어느새 진돌이는 짖음을 멈추고 있었다.

우리 삼 남매는 하던 공부를 제쳐놓고 집을 향해 오고 있는 사람에게 시선을 고정하고 있었다. 집에 다다른 사람은 우리가 알지 못하는 작은 체구의 남자였다. 남자는 한쪽 손에 쇠사슬을 감고 있었다. 마치 자신의 외형적 유약함을 손에 감은 쇠사슬로 만회해 보겠다는 듯했다. 그래서인지 그 쇠사슬로 인해 남자의 인상이 한결 강인해 보이기도 했다.

"누군교?"

목소리를 가다듬은, 제법 어른 흉내를 담은 형의 질문이었다. 누나와 나는 형의 그늘에 안주할 심산으로 형에게 몸을 기대고 있었다.

"저 개 땜에 왔다. 혹시나 해서 왔는데 정말 있네."

순간 형과 나는 시선을 교차시키고 있었다.

"그런데 우리 진돌이가 와요?"

"며칠 전에 너네 아버지가 나한테 저 개를 팔았는데 글쎄 우리 집에 묶어놓고 자고 났더니 개가 없어졌더구나. 이제껏 그런 일은 한 번도 없었는데……."

남자의 입에서 아버지가 진돌이를 팔았다는 말이 떨어지기 바쁘게 형과 누나는 막냇동생과 진돌이와의 관계를 아는 만큼 아버지를 두둔했다.

"니가 진돌이와 노느라고 공부를 안 하니까 아버지가 화가 나서 그랬겠지."

형과 누나 역시 아버지 편임을 알았을 때 나는 서운했다.

"니네 아버지에게서 저 개를 내가 샀으니 저 개를 가져가야겠다."

개장사는 자신의 손목에 감았던 쇠사슬을 풀며 묶여 있는 진돌이에게로 다가가고 있었다. 나는 순간적으로 남자를 가로막고 나섰다.

"안 됩니더."

"녀석아! 안 되긴?"

"진돌이는 내 동생인기라예. 아버지한테 진돌이 값 돌려주라고 할 테니 다음에 오이소."

"녀석아! 차도 못 들어오는 여기까지 오는데 얼마나 힘들었는데 또 오란 말이냐. 안 된다. 온 김에 오늘 끌고 가야겠다."

나는 개장사를 가로막고 선 채로 형에게 구원의 눈길을 보냈었다. 그러나 누나가 먼저 내 편을 들고 나섰다.

"안 돼요. 진돌이는 내 작은동생이에요. 재민이는 진돌이가 없으면 밥도 안 먹는다구요. 오빠야! 왜 가만히 보고만 있어? 진돌이가 없으면 재민인 어떻게 살아?"

누나는 급기야 형에게 구원을 요청했고 형이 남자를 가로막고 서 있는 사이 나는 진돌이의 목줄을 풀어놓았다. 나는 목줄 풀린 진돌이가 달아났다가 남자가 돌아간 후에 다시 집으로 오라고 생각했었던 것이다. 그러나 나의 그러한 생각은 착오 중의 착오였고 오산중의 오산이었다.

목줄을 풀어놓자 잠시 조용히 있던 진돌이가 으르렁거리는가 싶더니 남자를 향해 달려들고 있었다. 진돌이의 기세로 보아 우리들 중의 누군가가 말리지 않으면 남자가 다칠 것으로 생각되는 순간이었다. 남자도 진돌이의 급작스러운 도전에 몹시 당황한 표정을 짓고 있었다.

형이 말려도 듣지 않았고 누나가 나서서 진돌이를 제어

해 보려고 했지만 진돌이는 누구의 명령도 듣지 않았다. 나는 남자가 돌아가기만을 기다렸다. 남자는 진돌이와 생사 결판이라도 내겠다는 듯 자신이 서 있는 자리를 고수하고 있었다.

"아저씨! 그만 가이소. 그렇게 고집부리다가 우리 진돌이한테 물려도 우리는 책임 안 질 겁니더."

결과에 대한 책임의 유무가 어디에 있는 것이든 나는 알 바가 아니었다. 내 입장에서는 오로지 남자가 진돌이를 포기하고 돌아가기만 바랄 뿐이었다.

"안 되겠다. 니네 아버지 어디 가셨니? 니네 아버지한테 돈을 돌려받든, 개를 돌려받든 해결해 달라고 말해야겠다."

남자가 우리에게 아버지를 모셔 오라고 하기까지의 짧지 않은 그 시간 동안에 나는 정말 진돌이가 남자를 물어뜯기라고 할까 봐 몹시 걱정을 했다. 그러나 내가 우려하던 그러한 불상사는 일어나지 않았다.

어쨌든 그날 남자는 빈손으로 돌아갔다. 자신의 오른손에 체인 줄을 칭칭 동여 감은 채 나름대로 분기에 어찌할 바를 모르는 듯한 표정이었으나 남자의 사정을 내가 알 바

아니었다. 더하여서 진돌이와 노는데 빠져 공부에 등한시
하는 막내아들의 학업진도를 위해 아버지가 개장사에게
진돌이를 넘겼다는 사실도 나를 각성하게 했다.

나는 남자가 다시 나타날까 봐 조바심을 풀지 못하고
있었지만 남자는 그날 이후 다시는 내 눈앞에 나타나지 않
았었다. 그러나 시간이 흘러 형과 누나가 고등학교를 졸
업하고 취업을 위해 도회지로 떠나고 나마저 상급학교 진
학을 위해 더 넓은 주변 도시로 거처를 옮겨 오래도록 집
을 비우게 된 얼마 후 원인도 이유도 알 수 없게 집을 나
간 진돌이는 더 이상 집으로 돌아오지 않았던 것이다. 근
거 없는 짐작일 수도 있겠지만 갓 젖을 땐 어린 것을 읍내
오일장에서 구입하여 아버지와 함께 집으로 오는 내내 내
팔에 안겨 있었던 일이나 거의 모든 시간을 내 손에 의해
자라온 터라 오랫동안 집을 비운, 제 피붙이나 다름없는
나를 찾고자 집을 나섰다가 누군가에게 목덜미를 잡혀 타
의에 의해 집으로 돌아오지 못한 것은 아닌지……. 나는
지금까지도 진돌이를 생각할 때면 그렇게 짐작하는 것이
었다.

개 짖는 소리는 그쳤는가 싶다가도 들려왔고 또 그치기

를 반복했다. 고개를 돌려 앞산 쪽으로 시선을 던지자 앞산은 깊은 이내에 덮여 있었다. 명암으로 구분 짓는 낮과 밤의 경계가 이미 한쪽으로 기울어 있었지만 시간의 깊이만큼 눈앞은 어둡지 않았다. 보름이 언제인지 앞산 봉우리를 밀어내며 뾰족이 오르고 있는 월색은 보름이 가까움을 알려주고 있었다.

대처는 우리 삼 남매에게 지옥이나 다름없었다. 겨우 고등학교 졸업장을 들고 상경한 형과 누나는 수도권 변두리를 전전했다. 돈도 빽그라운드도 없는 잉여 인간이나 다름 아닌 형과 누나가 죽기 살기로 일에 매달리며 벌어서 몇 푼의 금전을 몽땅 내게 투자한 것은 희망이라는, 인장 강도가 지극히도 낮은 끈 때문이었으리라.

중학교를 겨우 턱걸이로 입학했던 내가 보다 드넓은 도시의 고등학교에서 전교 탑으로 졸업을 하자 형과 누나는 장안의 사대문 안으로 동생을 이끌었고 나는 신바람을 내며 형과 누나의 뒤를 따랐던 것이다. 자신들의 운명을 떠난 희망의 끈을 막내인 내게 접속한 건 집안의 유일한 기대 가치를 나로 설정했기 때문이리라.

대처 변두리에 작은 월세방 두 칸으로 우리 삼 남매가 연명에 다름 아닌 생활이 지속되자 형은 지친 모습을 숨기지 않았다. 형은 종종 소용없는 부모원망을 숨기지 않다가 하사관 벽보를 본 며칠 후 자원입대하고 말았다. 어쩌면 형은 자신의 도피처를 우리 몰래 물색하고 있었던 건 아닌지 나는 지금도 그때의 형을 이해하지 못하는 것이다.

　"걱정 마라. 돈이라는 놈이 눈이 있다는 소릴 듣긴 했다만 그 돈이 꼭 우릴 피해 갈 이유는 없잖으냐? 네 공부는 누나가 책임진다. 걱정 마라."

　형의 부재로 시작된 나의 기우를 어린 누나는 그렇게 눙쳐주었다. 며칠 후, 누나는 회사 기숙사로 숙소를 옮겼다. 비록 남매지간이라지만 이미 남녀유별한 나이를 넘어서고 있음에 같은 방에서 함께 기숙할 처지가 아니었던 것이다.

　방 한 칸의 지출을 줄이면서 시작된 나의 학교생활은 약간의 금전적인 여유를 허락했지만 나에게서 기인된 형과 누나의 고생에 대한 죄책감이 혼란을 가져왔다.

　"다음 학기에 휴학하고 군대나 다녀올까 봐?"

　나로 위해 청춘을 빼앗기고 있는 누나의 현실이 자괴감

을 불러왔다. 머릿속에서 맴을 돌던 생각들을 언어로 바꾸었을 때 누나의 표정을 나는 지금도 잊지 못하는 것이다. 그러나 풀린 초점으로 한참을 침묵하던 누나의 말은 뼈아프게 명징했다.

"너는 우리 집안이 가야 할 이정표다. 언젠가는 다녀와야 할 군대라면 빨리 갔다 오는 것도 나쁘진 않다. 그러나 지금은 때가 아니다."

불과 네 살 위인 누나의 사고는 나로부터 십 년 정도는 앞서고 있는 듯했다. 같은 또래에선 여자의 성숙도가 남자를 앞선다고 하지만 내게 있어 누나는 단순히 성숙도만 앞서는 정도가 아니었다.

"나도 들은 얘기지만 돈이라는 것이 들어오는 시간과 때가 따로 있다는구나. 출세도 그렇고. 지금은 공부에만 신경 쓰고 살면서 시간을 잘 포착하거라."

쉬는 날이면 동생을 위하여 자신을 희생하는 누나에게 형언할 수 없을 만큼 미안했지만 나는 표현하지 않았다. 더하여서 어려운 중에도 시인이 되겠다고 나름대로 틈틈이 책을 가까이하던 누나를 내가 재발견하는 순간이었다.

"준비 중인 시험도 재학 때 도전하는 게 효율적이라고

들 하더구나."

이미 내 속에 들어와 있었던 사람처럼 누나는 막힘없는 소리를 했다. 이토록이나 철저히 나를 읽고 있는 누나임을 나는 알지 못했던 것이다.

"입바른 소리 같다만 나중에라도 명심하거라. 돈이라는 놈이 얼마나 역마살이 심한지 한 곳에 붙어있기를 싫어해서 잠시만 한눈을 팔고 등한시해도 천리만리를 달아난다더구나."

그날 나는 차라리 누나가 소설을 공부했으면 좋겠다는 엉뚱한 생각을 했었다. 누나의 미래에 대하여 처음으로 가슴에 담아본 생각이었던 것이다.

꿈은 이루어진다 했듯 누나는 오래지 않아 월간문예지에 투고하여 등단이라는 절차를 통과했지만 나의 꿈은 대학을 졸업하고 고시원에서 일 년이라는 시간을 투자한 후에야 이루어졌던 것이다.

나의 전도는 잘 닦여진 아스팔트 길인 줄 알았었다. 행정고시를 패스한 자에 대한 대한민국 공직사회의 단면이라 생각했었기에 한눈팔지 않았었다. 결국 행시패스는 전도를 유망하게 할 바로미터였지만 호사다마를 알지 못한 패착이 나를 오늘에 이르게 한 것이리라.

제법 괜찮다는 집안의 여자를 아내로 맞이한 일이나 때맞추어 그때그때 승진에 이른 일들은 고시패스라는 프리미엄 탓이겠지만 아들과 딸을 차례로 얻은 자식 복 또한 아무에게나 얻어지는 복이 아님을 알지 못했던 것이다.

~

"여보. 내 친구 혜진이 알지?"

"그래서?"

"부부동반으로 식사 한 번 하자는데 당신 생각은 어때?"

"그 친구 남편 건설회사 상무라 했었나?"

"글쎄? 나도 그렇게 알고 있어."

"안 봐도 척이야. 자리 만들지 마."

모임을 하고 있는 아내의 친구들을 나는 몇 알고 있었다. 모두들 사회구성체의 윗자리에 있는 여자들의 남편들이라는 것도.

"어때?! 사람이 알고 지내는 것도 좋잖아."

사회구성원들의 속성은 모름지기 자기 이익을 좇는 부류들로 가득했다. 더러는 몇 다리를 건너서더라도 나를 소개받고자 줄을 놓는 사람들도 있었다. 나는 공무원의 본분에 충실했다. 청렴의무를 준수하려는 게 아니었다. 작은 것에라도 약점을 잡히지 않겠다는 나름대로의 철칙에 의한 행동이었다. 나의 그러한 언행들은 오히려 주변머리 없는 사람으로 변질돼 있음을 나는 알지 못했다.

"……말귀를 못 알아듣는 건가?"

윗사람들로부터 종종 들어온 핀잔이었지만 나는 개의치 않았다. 사필귀정을 믿었기 때문이었다. 그러나 그러한 시간이 오래도록 쌓이자 어느 순간 나는 혼자가 돼 있다는 사실을 직감할 수 있었다. 내 주변들이 한결같이 울타리를 높다랗게 올려 치고 있음이 보여지고 있었던 것이다. 나는 깊은 소외감을 느끼며 그들과의 관계에서 원래의 위치로 돌아가기 위해 자리를 마련하려고 했었지만 그들은 그들 스스로가 내 주변의 담을 넘어오지 않으려 했다.

집단사회에서 외톨이가 된다는 건 육체적 고통에 비할 바가 아니었다. 더욱이 요양원에서 영면하신 어머니의 감장을 위해 장례식장에 빈소를 차렸을 때는 내 주변에 대한 또는 세상에 대한 적개심 같은 것이 나를 지배하기도 했었다.

회사 소식통을 통하여 부고를 알렸지만 빈소를 방문한 동료들은 아무도 없었다. 내가 저들의 경조사에 바친 금전의 액수가 얼마인가는 차치하고라도 도의상 방문해야 할 동료들의 문상은 약속이나 한 듯 오지 않았던 것이다. 물론 장례식장이 가깝지 않다는 표면적 이유가 그들이 문상을 외면한 자구였겠지만 나라고 저들의 경조사를 이웃 거리에만 다녔겠는지를 반문하고 싶었던 것이다.

나는 술을 가까이하기 시작했다. 물론 대작자가 있을 리 만무했다. 혼술의 의미를 알지 못한 채 술의 양만 늘어갔다. 시작 때엔 내가 술을 마셨지만 어느 순간 술이 나를 마시고 있다는 걸 나는 알지 못했다. 아내의 지청구나 성화는 오히려 가정 분란의 원인이었다. 내 주변이 쓸쓸하다는 생각에 앞서 나도 모를 분노가 나를 지배했지만 나는 선천적으로 유약한 체질이었다.

나를 밀어낸 주변은 한결같이 높은 울타리를 허물지 않았다. 내가 그들의 굴레로 진입할 방법은 이미 존재하지 않았다. 나 또한 그들 주변에 진입하고자 원래의 나를 버릴 생각은 없었던 것이다.

흘러간 시간이 오래지 않았으나 많은 것들이 내 육신에서 변화를 일으키고 있다고 나는 생각했다. 내 육신이 나의 의지를 외면하고 있다고 생각했던 것이다. 내 육신을 지탱시키던 당초의 요소들이 모두 훑어내쳐진 후였다. 사지의 운동성이 나를 유린하고 있었으나 나는 인지하지 못했던 것이다. 시간의 단위가 눈덩이처럼 부피를 키워 급격히 나를 옭아매고 난 다음에야 나는 엠뷸런스에 실려 응급실을 찾았다. 급성간염에 황달을 수반했다는 의사의 소견이 아니더라도 나는 이미 내장기관의 이상을 스스로 예감하고 있었던 것이다.

얼마간의 입원치료를 마친 후 의사는'당분간만이라도'라는 전제를 달고 요양을 권유했다. 그때 문득 나는 성묘을 생각했던 것이다. 양친을 화전 옆에 모신 후 우리 삼남매가 성묘를 다녀오는 일은 흔치 않았다. 허리 한 번 제대로 펴지 못하신 당신들의 생의 마지막을 당신들이 손수 일구신 화전 옆에 마련하면서 종종 들리겠다고 내심으로 다짐했던 지난 시간들이 너무나 죄송할 뿐이었지만 형과 누이는 생활이 어렵다는 이유로, 나는 시간이 없다는 이유로 오랜 세월, 삼 남매가 성의 있는 성묘를 못 했다는 사실을 깨달았던 것이다.

성묘를 마치고 자동차를 세워둔 곳까지 내려오는 산길을 상현달이 밝혀주고 있었지만 나는 습관처럼 준비해 다니는 작은 손전등을 밝혔다. 요양이라는 미명에 의해 유약해진 마음이라 손에 무엇인가가 들려있지 않으면 모름지기 불안감이 내 안에 존재했던 것이다. 비록 소용 가치가 미비할지언정 손전등은 산길에서의 작은 산짐승들을 제어할 무기로서의 가치도 있을 것으로 생각했던 것이다.

내 유년을 성장시킨 천지간은 고요했다. 이 세상에 이러한 별천지가 존재하고 있다는 사실조차 인지하지 못한 채 입신을 위해, 양명을 위해 아옹다옹해 온 지난 세월이 가슴에 응어리를 깔고 있었다.

밤공기가 상쾌했다. 얼마 만에 마셔보는 묘촌의 밤공기인지 기억에도 잡히지 않았다. 출세를 위해 떠났던 땅을 다시 밟고 있다는 감회보다는 막연히 또는 단순히 머리가 영민하다는 이유 하나를 전제로 막내아들에게 걸었던 온 가족의 지난 시간의 기대가 고작 이러한 결과를 낳고 말았는가 하는 자괴감이 일어 그간에 있었던 일련의 일들이 후

회스럽기도 했다.

　내일은 아내를 이곳으로 내려오게 하여 묘촌 부근에 병가가 끝나는 시간까지만이라도 조용히 머물 수 있는 아담하고 깨끗한 거처를 함께 물색해볼 요량이었다. 더하여서 가능하다면 진돗개도 암수로 두어 마리 키우고 토종닭도 몇 마리 놓아 기르며 잃어버리고 지냈던 세상사의 여유를 잠깐만이라도 향유해볼 요량을 내 안에 깊이 담아두고 있었다. 그것이 결코 요양이라는 한정된 시간성 안에 존재하는, 나만의 여유일 뿐이겠지만…….

　읍내에다 이미 숙소를 예약해둔 터라 시내까지 가는 길을 서두를 필요가 없었다. 예약해둔 숙소까지 돌아오는 길은 오히려 편안했다. 내 유년의 실루엣들이 꽂혀 있는 천지간은 한 점의 수채화처럼 아름답고 평화로웠으나 요양이라는 오랏줄이 허리춤에 달라붙어 있다는 사실만은 내 의식의 기반을 벗어나지 않고 있었다.

아버지의 遺産

가능성 없는 얘기지만 내게 있어 선친에 대한 특별한
요구사항이 있다면 그것은 내 아버지의 용모일 것이다.
1916년에 출생하신 내 아버지는 삼대독자라는 가족사의
이력 때문에 왜정시대 즉, 우리네가 일본국의 악독한 식
민시대를 살았던 시기에도 강제 동원에 끌려가지 않았으
며 해방 후 남다른 학식으로 편안한 세월을 살아오셨는데
흔히들 하는 말로 훤칠한 키와 영화배우를 방불케 하는 아
버지의 이목구비는 아들딸인 우리에게도 부러움의 대상이
셨다.
　우리 형제는 모두 삼 남매인데 유독 막냇동생이 아버지
의 이목구비를 동경했다. 삼 남매 모두가 어머니의 유전자
를 물려받은 탓인지 돋보이지 않는 이목구비와 그저 그런

용모를 타고났던 것이다. 현실이 그러했기에 나 역시도 아버지의 유전자를 타고나지 못한 것을 늘 아쉬움으로 안고 살았던 것이 사실이다.

아버지 사후에 내 아버지를 알고 계시는 지인들, 특히 연세 드신 아주머니들은 "자네 아버지, 인물이 참 좋았네. 영화배우를 했으면 딱 어울리는 인물인데 작은 촌에서 살다 보니 빛을 보지 못한 것 같네." 나 "자네 아버지가 동네에 등장하면 동네가 다 훤했었네." 따위의 말들은 아버지 사후에도 종종 내 고막에 훈장처럼 안겨 자랑스럽던 어휘였던 것이다.

지금이야 부모님은 물론 막네 누이동생도 북망산천 한편을 지키고 있지만 삼 남매 맏이인 나와 바로 밑의 큰누이 동생은 건강하게 세월을 지키고 있는바, 지난 세월 주변이나 막냇동생이 남긴 말들을 종종 기억에 잡고 있는 것이다.

"이 사람아! 자네 아버지 인물이 참 아깝네. 우리 할아버지도 자네 아버지 인물이 부럽다고 입에 침이 말랐었다네."

소읍의 번화가에 하나뿐이던 요정집 주인 할머니는 나를 볼 때마다 그 소리를 입에 달고 사셨다. 요정집 할아버지와 마작 친구였던 내 아버지는 점잖음에도 정평이 있었던 터라 이심전심 아버지에 관한 찬사는 내 아버지가 영면하시고도 꽤 오랫동안 내 고막을 습격했었는데 내 아버지의 용모에 대한 또 다른 에피소드가 있다면 막내 누이동생이 무심코 던진 말일 것이다.

"아버지!"

어느 날 오후, 막내가 아버지를 불렀다. 막내는 성장하면서 평소에도 아버지는 물론 주변 사람들과 농담 주고받기를 잘해 심심찮게 웃음꽃을 유도하곤 했었다.

"왜?"

막내딸의 뜬금없는 당신 부름에 아버지는 무심코 대답을 하셨다.

"아버지 돌아가실 때 아버지 코는 저 주고 가세요. 다른 건 욕심 안 낼게요."

"벌써 아버지 코를 달라면 어쩌누? 오빠도 있고 언니도 있는데 어찌 아버지 코를 너만 주고 저승엘 갈 수 있겠느냐?"

그날, 아버지도 막네딸의 어리광을 농으로 받으셨고 우리는 한바탕 웃음으로 허기진 시간을 넘겼었다.

"언니는 몰라도 오빠는 나보다 코가 잘생겼잖아요. 그리고 오빠 언니가 오래 산다고 해도 저보다는 먼저 죽을 거잖아요. 그러니까 오래 살 내가 아버지 유산을 가져야 맞잖아요?"

"니 말도 맞다. 그래 아버지 죽거든 아버지 코는 니가 가지거라."

기억으로는 그날 우리 삼 남매가 배꼽이 아플 정도로 웃었던 것이다. 그 무렵, 마흔을 갓 넘기신 어머니를 몇 년 전에 여의시고 집안이 침울하던 시기였는데 막내는 종종 우스갯소리를 끌어와서 아버지는 물론 우리도 곧잘 웃겼던 그러한 시기였다. 부녀간에 주고받은 얘기였지만 얼굴의 중심을 이루고 있는 내 아버지의 콧대는 그야말로 잘생김의 중심이었던 것이다.

나는 지금도 종종 내 용모와 성격에 대해 자평할 때가 있다. 경북 영양이 안태 고향이신 내 아버지는 내륙지방 성격이라 항상 조용하셨다. 그에 반하여 내 어머니는 강원도 삼척 오분리라는 바닷가 분이시라 목소리가 늘 아버지보다 컸었다. 내 기억에도 아버지는 어머니에게 종종 목소리를 낮추라고 하셨었다. 그에 더하여 동네 판관이나 다름없으시던 내 어머니는 마을의 싸움집에 불려가셔서는 참견 아닌 참견으로 옳고 그름을 가리는 일이 빈번했었다. 생전에 5척 반을 상회하신 내 어머니는 경우가 밝기로 소문난 터였기에 힘에서도 동네 판관을 자청하심이 당연시한 듯했었는데 내 젊은 시절 약 7년 정도의 세월을 출세지상주의에 매도되어 大法典을 손에 쥐고 살았던 것도 아마 어머니의 유전자 탓이 아닌지 생각할 때가 종종 있는 것이다.

호흡하는 사람이라면 거의 대동소이하겠지만 나는 화장실 벽에 걸린 거울 앞에서 내 용모를 깊이 들여다볼 때가 종종 있다. 그럴 때마다 나는 나의 이목구비가 아버지를 닮지 않고 많은 부분이 어머니를 닮았다는 것에 불만을 쟁이곤 했다. 더하여서 그 불만은 米壽를 바라보고 있는 현재도 진행형인 것이다. 아마 누이동생들도 아버지를 닮지 않은 자신의 용모가 불만이었으리라.

마감 기일이 도래한 작품 탈고로 인해 밤잠을 설친 다음 날, 나는 감기 기운이 있어 집 부근의 의원을 찾았다.

전날 초저녁 무렵부터 이마에 열이 오르고 잔기침이 있어 밤새 몸을 뒤척이다가 병원문이 열리기 바쁘게 진료접수를 했다. 내과 의사는 오며 가며 눈길을 마주칠 때마다 목례를 나누는 사이라 반갑게 인사를 건넸다.

"원고 탈고 때문에 어젯밤에 잠을 설쳤더니 지금 감기 기운이 있는 것 같습니다."

"요즘 갑자기 추웠다가 더웠다 하니까 감기 환자가 많이 발생하는 것 같습니다. 요즈음 독감이 유행하고 있습니다. 칠순을 넘기면 모든 질환을 다 조심해야 되지만 특히 가벼운 감기도 조심하셔야 합니다. 가볍다고 생각한 감기가 심각한 폐렴을 유발하기도 하니깐요."

친절을 앞세운 원장의사의 진료와 함께 청진기가 나의 등 이곳저곳으로 옮겨다녔다.

"혹시 천식치료는 하고 계시나요?"

"예? 천식치료를…요?"

내게 대한 질문에 나는 우정 화들짝했다.

"예. 천식이 있습니다. 먼저 천식치료를 하셔야겠습니다."

원장은 내 등에서 청진기를 떼어내며 그렇게 말했다.

"천식요?"

나는 그때까지도 천식이 무엇인지를 알지 못했다. 다만 지천을 넘기시던 아버지께서 많은 시간 기도 속의 가래를 뱉어내시는 것을 봤을 뿐 그것이 천식인지도 몰랐던 것이다.

"조 선생님! 감기보다도 천식이 문젭니다. 심하지는 않지만 지금부터라도 치료를 하셔야 되겠습니다."

나는 깜짝 놀랐다. 천식의 자가 증상이 어떤 것인지를 알지 못했지만 그것도 심각한 병증이라니 나는 원장의 말을 믿을 수가 없었다. 다른 건 몰라도 건강 하나만은 자신하며 살아왔는데 뜬금없이 천식이라니? 말도 안 되는 소리였다. 건강 유지를 위해 망팔십이 되도록 손에서 운동을 놓지 않고 있으며 그 노력으로 발병환자 대비 사망률 86%라는 악독한 췌장암세포도 지방으로 만든 나인데 뜬금없이 천식이라니……. 물론 자잘한 질환으로 병원 문턱을 드나들고 있지만 심각한 성인병 인자가 내 몸속에 도사리고 있으리라고는 정말 상상하지 못했던 것이다.

그러나 진료의사가 천식이라 진단을 내리는 데야 어쩌겠는가.

그렇게 몇 개월, 나는 꾸준히 천식약을 복용하고 있었다. 다음 해 봄인가 오빠를 만날 일이 있다며 소읍으로 나를 찾아온 누이동생과 얘기를 나누던 중에 나는 천식을 언급하며 동생도 건강을 잘 돌보라고 말을 했다. 누이동생 역시 칠십을 넘긴 나이였기에 염려가 앞서는 터였다.

그때 누이동생 왈

"오빠도 천식 있어?"

"그래. 작년 가을에 단골의원엘 갔더니 천식치료를 해야 한다더구나. 그래서 몇 개월째 약 처방을 받고 있다."

내 말이 끝나기도 전에 누이동생이 말을 받았다.

"차암……! 할 말은 아니지만 오빠도 아버지 유산이 있었네. 나만 그런 줄 알았는데, 나도 천식약을 복용하고 있는데 잘 안 낫네. 아버지가 돌아가실 때까지 천식 때문에 고생하셨잖아."

천식, 그리고 유산!

그것이었다. 나와 누이동생에게도 존재하는 아버지의 유산, 재산적 가치 유무를 떠나 선친의 유전자가 유산처럼 우리들 남매의 육신에 내재해 있다는 엄연한 사실에 고개를 끄덕이는, 둘뿐인 남매.

나는 아버지의 유일한 유산을 떨쳐내기 위해 오늘도 병원문을 두드리고 있는 것이다.

9

첫사랑

한 달에 한두 번, 아니 어떨 때는 두세 번도 더 우리 집을 찾아오는 그녀가 나는 보기 싫었다. 보기 싫었다기보다는 만나기가 싫었었다. 물론 그녀도 제 엄마의 명령을 거역하지 못하고 심부름으로 우리 집을 찾아오는 것이겠지만 내 심장에 부착된 반발심은 아무도 알지 못하는 내 안의 아픔이었던 것이다. 당시에 엄마는 무슨 큰 도움이 된다고 그녀의 엄마가 오야(계주)를 하는 계에 가입하여 그녀가 빈번히 우리 집을 찾아와서 내 모습을, 우리네의 환경을 목격하게 하는지 엄마가 원망스러울 때가 많았던 것이다. 특히 그녀의 엄마는 내 엄마를 볼 때마다 언니언니하면서 우리 엄마의 혼을 빼놓다시피 했는데 어린 내 짐작으로는 그녀의 엄마로부터 언니라 불리는 것에 대한 우월감

따위가 존재하지 않았겠냐는 생각이 들기도 했던 것이다.

그녀가 한 달에 한두 번 우리 집을 방문하는 일은 내가 고등학교를 졸업하는 무렵까지 지켜보게 됐지만 돌이켜 보면 엄마의 말처럼 우리네 생활은 조금도 나아진 것이 보이지 않았기에 엄마에 대한 나의 원망은 한동안 사춘기적 반항으로 이어지기도 했다.

어찌 됐든 세월이 흘러 외지로의 대학 진학이라는 핑계로 월례행사와도 같았던 그녀의 우리 집 방문을 목격하지 않게 된 것에 나는 안도했지만 그 안도가 의미하는 또 다른, 알 수 없는 복잡한 속내를 나는 한참 동안 알아내지 못하고 있었다.

그녀가 우리 엄마에게 곗돈을 받고자 와서는 언제나 당당하게 "너네 엄마는?"하며 나를 곤혹스럽게 했던 반세기 전의 필름 하나가 문득 내 가슴에 상기된 건 결코 우연이 아니었다.

초중고등학교를 원정없이 작은 소읍 한 곳에서만 다닌 것은 대한민국 해방둥이들의 숙명 같은 것이었을 터. 국민소득이 80 몇 불을 유지하던 무렵이었으니 드넓은 도시로의 유학이라는 호사는 누구에게나 생소한 시절이었다.

당시 학제로 국민(초등)학교야 어쩔 수 없었다지만 중고등학교마저도 읍내에 오직 하나뿐인 학교에 다녔었는데 불행하게는 우리 모두에게는 학교를 선택할 여지가 없었다. 누구나가 남녀공학으로 꼬박 12년을 대면해야 할 얼굴들이라 우리는 나름대로 철이 들면서부터 상대방에 대한 호불호를 익혀가고 있었다. 오래전 얘기지만 국민학교를 졸업하고 형편에 따라 상급학교로 진학하는 친구들은 몇 되지 않은 시절이었다. 한국동란이 휴전이라는 이름으로 중지된 후 10여 년이 지난 시절이었지만 피난살이의 기억이 남아 있던 시절이라 모르긴 해도 초등학교에서 중학교로 진학한 친구들은 아마도 손가락을 두 번 정도 접었다가 펴기에도 남을 정도였다. 그리고 중학교를 졸업하고 고등학교로 진학한 학생 수가 더더욱 손가락으로 접었다가 펴기가 수월할 정도였는데 지금의 환경에 비하면 그야말로 격세지감이 있는 터. 우리는 그런 세월을 겪으며 견뎌왔던 것인데 그 사이의 세월을 잠시 잊고 모름지기 현재에 만족하며 지내던 중, 내 마음속에 가볍지 않게 존재하던 아픔한 가닥이 저녁 무렵 시골마을 굴뚝 연기처럼 모락모락 솟아올랐으니…….

"야! 니 서낭당(성황당) 옆집에 살던 규채 아니나?"

알듯 말듯 한 중년의 여자가 나를 가리키며 면전에서 아는 체를 했지만 나로서는 도무지 기억에 잡히지 않는 얼굴이라 머뭇머뭇할 뿐이었다. 그야말로 여자는 얼굴에 적지 않은 견적을 투자한 흔적이 역력했다. 정말 기억에 잡히지 않는 얼굴이었다.

"맞다. 한규채. 규채 니 생각 안 나나? 나는 가겟방 하던 정숙이, 야는 면사무소 관사 뒷집에 살던 지수! 니 생각 안 나나? 중학교 땐가 니가 내한테 귓속말로 우리 학교에서 지수가 제일 이쁘다고 안 했나? 그래서 내가 니 지수 좋아하냐고 물었을 때 니가 하늘에 대고 아니다, 나는 지수 안 좋아한다고 말 안 했나? 그 지수가 바로 야다."

한지수!

참으로 오래도록 내 안에 숨겨져 있던 오래전 얘기였다. 지난 시간으로 돌아가 회억한다면 나는 정말로 그녀 앞에서 소금에 절인 배추였다. 우리네 환경, 우리네의 처지를 무시했다면, 아니할말로 학생으로서의 나 자신을 주장할 줄 알았더라면, 학급의 반장이라는 완장의 힘이, 상위권을 벗어나지 않던 학업성적이 그녀 앞에서 떳떳할 수 있었겠지만 그러한 긍정적 요소보다 초라했던 내 의복이 스스로 그녀의 옆자리를 비켜오게 했던 과거사였기에 지금 생각해도 그것은 뼈저린 과거사였던 것이다.

우리 또래들은 초등학교 시절부터 누구보다 곱게 차려 입고 등하교를 하는 지수의 의복에 부러움을 보냈으며 그 부러움이 누구에게는 동경의 대상이기도 했을 터. 한국전쟁이 휴전이라는 이름으로 끝나고 지난했던 피난처를 떠나 찾아온 고향집들은 글자 그대로 폐허였다. 우리네 부모님도 피난처의 곤혹한 삶을 뒤로하고 고향이라 이름한 곳으로 찾아왔지만 삶은, 생활은 오히려 피난처 생활보다 더 어려웠던 것이다. 그렇듯 고향 마을이 재건되고 있다는 소문을 앞세우고 살던 옛집을 찾았지만 고향 마을은 황망 그 자체였던 시절이었다.

그 무렵 귀향한 피난민들은 그리 많지 않았다. 세월이 흘러 내가 조금 더 자라 소위 소견머리라는 걸 가지게 될 무렵에야 전쟁통으로 희생된 사람들이 생각보다 많았다는 사실을 알게 된 것이다. 다행히 우리 가족은 아무도 희생되지 않았지만 우리가 알고 지내던 많은 사람들이 전쟁 후에도 고향 땅을 밟지 못한 건 모두가 저승객이 됐다는 의

미나 다름없었다.

한가위를 앞둔 토요일 오후 초등학교, 중학교, 고등학교 합동동창회라는 이름으로 모인 친구들은 읍내에서 제법 크다고 소문난 음식점의 빈 공간을 가득 차지하고 지난 시간들을 소환하고 있었다.

"니는 요즘 어떻게 지내나?"

"니는 아가 몇이나?" 등으로 시작된 질문들과

"나? 아들 둘, 딸 셋."등등으로 답변이 오고 가는 공간은 참으로 화기애애했다.

"야, 임규채! 니는 다복하네. 부럽다."

"다복하고 부럽기는?! 앞으로 아이들 교육비 때문에 눈만 뜨면 돈타령하는 마누라 등쌀에 눈치 보기 바쁘다."

"그래?"

누군가의 반문을 귓전으로 들으며 나는 우정 지수를 향해 시선을 이으며 질문을 던졌다. 아마도 내 귓불이 홍조를 띠지 않았나 싶었다.

"지수! 니는 아아 몇이나?"

잠시 머뭇거리는가 싶던 지수는 대답에 앞서 파르르 입술을 떨었다. 나는 그것을 목격했던 것이다. 차라리 묻지

말 걸 하는 후회가 일었지만 내 질문에 입을 연 건 오히려 다른 여자 동창이었다.

"지수는 딸만 하나 낳았는데 야 하고 안 산다. 야 신랑이 데리고 있는데 본 지 오래됐다고 하더라."

옆에 있던 친구의 대리 답변에 나는 미안했다. 여기저기서 오랜만의 만남에 대한 인사들이 이어지고 있었다. 돌이켜 진정으로 그리운 얼굴들이었다. 한결같이 얼굴에 버짐을 붙이거나 부황든 얼굴이었던 어린시절을 떨쳐내고 나름대로들 제 분복만큼의 빛깔로 채색된 얼굴들이 만면에 웃음꽃을 피우며 대화에 여념 없었다. 지난 시절의 가난이 언제 적이냐는 듯 나 역시 자랑스러운 현재를 앞세워 동창회에 얼굴을 내밀 수 있었기에 가족을 동반하여 시간을 앞당겨 고향집을 찾았든 것이다. 어느 유행가 가사처럼 옛날은 가고 없어도 서로의 가슴에 추억은 남아 있어 이야기꽃은 시간 가는 줄 모르고 이어지고 있었다.

동창회를 마치고 해거름이 깊어지자 우리는 끼리끼리 작당을 이루어 서로가 즐겨하는 공간을 찾아 동창회라는 이름에 아름다운 의미 하나를 더 보태기로 했다. 나는 의도적으로 지수가 선호한 노래방 일원에 동참하기로 했다.

모처럼 만의 기회에 좀 더 지수 곁에서 지수와의 시간을 갖기로 했던 것이다. 물론 둘만의 시간이 아니었기에 어떠한 불상사도 발생하지 않을 것임을 나 스스로에게 확신감을 채워놓고 있었다.

"규채야?!"

"와?"

원형 테이블에 둘러앉아 여럿이 자리를 했지만 나는 의도적으로 지수 옆자리를 찾아서 앉았기에 대화가 가능했다.

"지수! 옛날 얼굴, 하나도 안 변했네?"

"나도 이제 늙었다. 오히려 규채 니가 옛날 그대로다."

"나라고 세월이 그대로 머물렀겠나? 산전수전 겪다 보니 더 빨리 늙었다."

사실이 그랬던 것이다. 머리 좋다는 이유 하나 믿고 대학을 다니기 위해 처음 수도권에 진출하여 내가 경험했던 삶의 무게는 가끔 참혹함도 없지 않았다. 명절 때마다 집을 찾은 아들을 대하는 어머님의 첫마디는 언제나 너무 늙었다는 것이었다.

"지수야! 창피한 말이지만 그동안 니 보고 싶었다면 믿겠나?"

나는 지난 세월을 소환하고 싶었다. 반대급부로 지수의 지난 시간을 돌아보게 하고도 싶었다.

"참말이나? 그렇다면 규채 니는 옛날 생각나나?"

"무슨 생각?"

"내가 우리 엄마 심부름으로 너네 집에 곗돈 받으러 다니던 생각."

"니 아직도 그 생각 나나?"

"그래. 부끄러운 고백이지만 그때 나는 참말로 니 만날 생각으로 니들 집에 갔더랬다. 그런데 니는 내 볼 때마다 화난 사람맹키로 얼굴이 굳어 있더라. 니 왜 그랬나?"

"이제야 말이지만 사실 그때 내가 니를 좋아했는갑다."

이제껏 숨겨져 왔던 내 속내의 고백이기도 했다.

"야가 무슨 말을 그렇게 하나. 좋아하면 하는 기고 아니면 아닌기지 갑다가 뭐고? 갑다가?"

"그때 나는 니가 좋으면서도 가난한 우리 집을 니가 보는 거, 싫더라. 그래서 우리 엄마가 너네 엄마 계하는데 들었는 거, 무척 싫어했다. 어린 마음에 좋아하는 니가 가난한 우리 집 보는 거 지금 생각해도 끔찍했다. 참말이지 그때 니 안 좋아하는 남자친구들 있었나? 나도 그중에 하나였다."

솔직한 말이었다. 코흘리개 시절, 입성이 남다른 지수에게 관심이 있었던들 환경의 차이로 인한 내 나름의 접근 금지였기에 어렵고 힘겨웠던 대학생활 중에도 내 관심사의 한 부분은 지수였던 것이다.

"하하하하하."

지수는 내 말이 끝나기를 기다렸다는 듯 폭소를 터뜨렸다. 마이크를 잡고 노래를 부르던 친구나 그 노래를 듣고 있던 친구들 모두가 지수의 폭소에 한결같이 고개를 돌려 지수를 바라봤다. 모두가 지수의 폭소가 궁금하다는 표정들이었지만 지수도 나도 끝내 입을 열지 않았다.

"야들 연애하나?"

누군가 지수와 나를 향해 입을 열었지만 공간에 가득한 궁금함은 풀리지 않았다. 사십 년 가까운 저쪽 세월의 얘기를 아무도 언급하지 않는 데야 누군들 궁금함을 풀 수 있으랴.

일행들과의 시간이 끝나갈 무렵 나는 지수의 귓전에 입을 가져갔다. 지수는 가만히 있었다.

"모임 끝나고 시간 좀 나나?"

지수는 내 물음에 대답 없이 고개만 까딱였다. 그것이 긍정임을 확인한 나는 내심 좋았지만 내색하지 않았다. 우리 사이에 오고 갈 얘기와 답변의 구체성이 공개되기엔 내재된 내용이 가슴 시린 것들이었기에 둘만의 비밀로 간직하기로 했던 것이다. 마이크를 잡은 친구들은 서로들 노래 점수에 신경을 할애하고 있는 듯했지만 선천적으로 노래에 자질이 없던 나는 끝내 마이크 잡기를 거절했다.

누군가가 지수에게 마이크를 건네자 이어서 전주곡이 흘러나왔다. 노래 부를 친구들의 음악을 신청곡 형태로 이미 입력한 상태였던 것이다.

모니터를 메우고 있는 노래 제목은 문주란 씨가 부른 '파란 이별의 글씨'였다. 나는 그 노래의 가사를 조금 알고 있었다. 낮은 도입부로 시작하는 지수의 노래는 스스로의 아픔을 토해내는 듯했다. 노래에 관심이 없는 나였지만 처음 듣는 노래가 아니었다. 마이크를 통해 내게 전달되는 내용은 지수의 슬픔이 드러나는 듯했다. 지수의 노래에 이어 몇 차례 더 노래를 부르던 중 누군가가 노래를 마치자 이제 그만 찢어지자는 소리로 목청을 돋우었다. 나는 형언

할 수 없을 만큼 반가웠다. 시간이 늦었다며 동의한 내 음성은 노래방 공간을 울리고도 남아돌았다. 하나하나 자신들의 손의 것들을 들고 노래방을 빠져나갔다. 나는 친구들의 맨 뒤를 따르며 시간 되면 또 만나자고 제안을 했지만 성의 없는 대답들만 돌아왔다.

노래방을 나서며 지수는 먼 거리에서 내 뒤를 따르고 있음이 보였다. 나는 의도적으로 걸음을 늦추어 지수 가까이에서 걸음을 같이 했다.

"지수야! 니는 어느 방향으로 가나?"

내 물음에 대답한 것은 오히려 경자였다.

"맞다. 지수는 규채가 좀 바래다줘라. 규채네 집 가는 길 부근에 지수 엄마네 집 있다 아이가?"

내게 있어 경자의 지시는 모든 것의 결정체였다. 한사람 한사람 자신들만의 세계를 향해 떠나고 남은 사람은 지수와 나 둘뿐이었다.

"니는 집에 바로 가야 하나?"

"괜찮다. 좀 늦어도 상관없다."

"나하고 드라이브 좀 해도 돼나?"

"응"

지수를 태운 차는 해변 쪽으로 방향을 틀고 있었다. 무엇인가 무슨 애긴가를 하고 싶다는 욕구가 내 전신에 퍼져 있었지만 나는 딱히 무슨 말을 해야 할지를 알지 못했다. 그러나 달리는 차 안에서 말문을 연 건 지수였다.

"니 생각나나?"

"뭐가?"

"옛날에 너들 집에 진돗개 키웠제? 그 진돗개가 첫 새끼 낳아서 팔지 않았나?"

"맞다. 그때 진돗개 강아지 새끼를 엄마가 팔았다."

"그때 그 강아지 새끼 아빠가 누구네 개였는지 니 모르제?"

"나는 모른다. 니는 알았더나?"

"그 강아지 새끼 아빠는 우리집 개였다. 너네 개는 황구였는데 우리 개는 백구였다. 니 기억 나나?"

"나는 우리 개가 백구였던 걸로 알고 있다. 너네 개는 모른다."

"아니다. 너네 개는 황구였고 우리 개가 백구였다. 우짜댔던 간에 그때 우리 개가 수놈이었는데 어느 날 목줄을 풀고 돌아댕기다가 너네 개하고 엉켰다고 우리 엄마가 말하더라. 부끄러운 얘기지만 그때 나는 니하고 인연이 생기는 줄 알았다. 혹시 누가 중매라도 하믄 우리 부모가 뭐라든 간에 나는 좋다고 했을기다."

지수의 말끝이 축축한 듯했다. 그녀의 말을 묵묵히 듣고만 있던 나는 무슨 말이든 해야한다고 생각하면서 말머리를 찾고 있었다.

"사실 나는 니가 좋으면서도 참말로 내 생각을 나타낼 수가 없었다. 어찌내 꼴을 모를 수가 있었겠나. 그게 신분 차이 아니겠나?"

"머슴아야! 좋아하는데 신분이 무슨 필요있나? 조선시대 맹키로 양반 상놈 차이도 아닌데. 반상의 차이가 나도 그렇제. 그렇게 좋아하는 여자가 있으면 업어 가서라도 차지해야지. 니는 로미오와 줄리엣도 모르나? 니는 고등학교 때부터 소설 쓸끼라고 안 했더나? 소설을 쓸 거라는 사람이 그런 걸 극복하지 못한다면 작가 될 자격이 없다, 아이가."

지수의 말 속엔 결혼에 실패한 책망을 나에게 돌리고 있는 듯한 느낌이었다. 그 무렵 나 또한 지수가 얼마나 좋았는지를 설명하지 못했다. 그러나 그때 가난이 죄가 되는 세상이 아니었다면 과연 내가 지수를 넘보는 데 주저하지 않았을는지? 그 무렵의 풍문을 후일 듣게 된 소식이었지만 지수가 읍내의 소문난 부잣집의 며느리가 됐다는 소식은 내가 지수를 마음속에서 밀어내는 계기가 됐었지만 지수에 대한 미련은 오래도록 떠나지를 않았던 것이다.

"그 무렵에 나는 이런 생각을 했었다. 참으로 부질없는 생각이었지만 나는 너네가 우리 집만큼 가난하게 살았으믄 하는 생각도 했었다. 우리 집이 너네만큼 부자가 될 수 없으니 역으로 너네가 가난했다면 아마 내가 니를 넘볼 수도 있었을 기다."

그것은 나의 솔직한 심정이었다. 먼 풍문으로 지수가 결혼을 한다는 소식을 듣고 내가 가슴을 앓았던 세월이 얼마인지를 아무도 알지 못한다. 아니할말로 가슴이 쓰리다 못해 한동안 식음을 전폐한 결과 6척의 체구에 붙어있던 살점들이 거의 빠져나가 피골이 상접했던 것을 아는 친구들은 기억하고 있을 터였다.

마음속으로 연정을 품고 있던 사람이 남의 사람이 된다고 하여 사랑이 포기되는 것이 아니었다. 오히려 죽음을 불사할 만큼의 애절함과 절박함이 전신에 퍼지는 아픔이 새롭게 존재한다는 사실감은 절망 이상의 것이었다. 그렇게 이겨내고 견뎌낸 세월이었다. 그런데 그런 지수가 지금 바로 옆자리에 앉아서 서로가 옛날을 얘기하고 있는 것이다. 지난 시간의 지수라면 그 무렵의 지수라면 지금 당장 그를 끌어안고 달콤한 언어의 속삭임을 전할 수 있겠지만 나는 한 여자의 지아비였고 다섯 아이의 아버지였던 것이다.

"이제사 하는 말이다만 나는 그때 니가 내한테 말을 걸어올 줄 알았다. 부끄러운 말이지만 참말로 나는 기다리고 있었다. 그때 우리 동네에 골목길이 많았잖나? 나는 골목길을 다니다가 혹시라도 니를 만났으면 하고 생각할 때가 많았다. 그런데 인연이 안 될라고 그랬는지 니하고 내하고 한 번도 골목길에서 만나지지 않더라. 무슨 운명이 그렇노?"

절망을 회억하는 지수의 한숨 섞인 언어였다.

"지수야! 니 이런 말 들어봤나?"

"무슨 말?"

"부부 인연은 하늘이 정해준다고?"

"니는 참……."

"와?"

"요즘에는 부부 인연은 서로가 맨든다카는 거 니는 모르나?"

"하하하하."

지수가 원망처럼 쏟아내는 소리에 나는 웃음을 흘리고 말았다. 지수가 저런 생각이었다면 지수의 속내에 저러한 간절함이 내재돼 있었다면 어찌하여 지수가 먼저 나에게 자신의 의사를 건네지를 못했는지가 의문이고 원망스러웠다. 나 역시 그를 기다리고 있었는데.

파도가 밀려오고 밀려가는 자리께에 차를 세우고 나는 지수의 얼굴을 보기 위해 실내 등을 켰다.

"불 켜지 마라. 부끄럽다."

지수가 뱉어내는 음성엔 물기가 묻어있었다. 그리고 나는 보고야 말았던 것이다. 지수의 눈가에서 반짝거리던 물기를.

"니! 울었나?"

"내가 미칫나, 울게로."

나는 지수의 결혼 소식을 들은 이후의 시간들을 나열하기 시작했다. 그야말로 산전수전, 더하여서 겪었던 공중

전과 지하전까지를 나열해야 했다. 그것이 지수의 앞날에 어떤 위로와 위안이 될지 알 수 없었지만 그렇게 해야 만이 지수의 아픔을 조금이나마 위로할 수 있는 것으로 생각했던 것이다.

센터페이스에 달린 디지털시계가 두 시를 알리고 있었다. 이른 시간은 아니었다. 그러나 성장한 남녀가 함께 보내는 시간으로는 어마어마한 위험성이 내재된 시간임을 나는 자각하고 있었다.

돌아가야 했다. 나는 나대로, 지수는 지수대로.

"아직 할 얘기 남았나?"

말문을 열기가 어려웠지만 어머님 방에서 남편을 기다릴 아내를 생각하고 있었다.

"와? 가게로?"

"그래. 아 엄마가 기다린다. 아마 내 올 때까지 기다리고 있을기다."

"애처가네?"

"이 나이에 애처가 아니믄 우짜노? 지천명이믄 하늘의 뜻을 받아 깨우친다는데……."

나는 차의 시동을 걸고 잔물결이 드나들고 있는 작은

해변을 떠나 집으로 향했다.

"집에 누가 있나?"

내가 물었다. 나는 내 심장을 훑고 지나간 지난날을 솜털 하나 남기지 않고 모두 날려 보내며 살고 있다고 자부했기에 지수의 근황에 대하여 조금도 알지 못하고 있었다. 그러나 내 물음에 대해 내가 의문을 하고야 말았다. "집에 누가 있느냐?"는 만약에 아무도 없다는 것에 대한 지수의 대답에 대한 오해감 때문이었다.

"엄마가 계신다."

"엄마가 아직 살아 계시나?"

"그래. 우리 엄마 이제 팔순 지났다. 정정하다."

"그렇구나. 나는 어머님이 계시지만 친구들은 부모님이 모두 타계하셔서 그런지 니도 어머님이 안 계신 걸로 생각하고 있었다."

"니는 누나들이 계시니까 어머님 연세가 많지만 나는 우리 집에 장녀 아이가. 그래서인지 우리 엄마는 아직 젊다."

어느덧 지수가 가리키는 곳에 차가 도착했고 나는 지수를 내려주고 곧바로 집으로 향했다. 지수의 전화번호를 알고 싶다는 생각마저 내 안에 깊이 감추어야 했다. 쓰잘데 없는 자존심의 발로였다.

어머님 방은 불이 켜져 있었다.

"엄마! 주무셔요?"

아들의 귀가를 알리는 시그널이었다.

"여보! 어머님 금방 잠드셨어요. 저는 어머님과 잘 터이니 당신은 당신 방에서 주무셔요."

당신 방!

남편을 기다리고 있었다는 뜻이 내재된 아내의 음성을 들으며 나는 아내의 말을 곱씹었다. 내가 태어나고 성장하도록 나와 함께 있어 준 내 방이었다.

오늘은 초중등학교 합동동창회에 참석한다며 알리고 집을 나섰기에 어머님이 기다리지 않을 줄 알고 있었다. 그런데 금방 잠드셨다는 아내의 전언은 어머님께서 아들을 기다리고 계셨다는 방증이었다.

아내마저 어머님에게 빼앗기고 청춘을 보낸 방에서 홀로 잠을 청하자니 쉽게 잠이 들지 않았다. 나는 천장을 쳐다보다가 불을 끄고도 옛날을 회억하다가 문밖이 휘움하도록 잠을 놓고 있었다. 지난 시절은 눈이 떠 있는 모든 시간은 책과의 씨름이었는데 소설가라는 이름 석 자가 널리 알려지고부터는 읽는 것에서 멀리 떠나 있음을 알고 있었다.

나는 밤새 지수를 생각하고 있었다. 그를 애모해서가 아니었다. 한 시절 내가 목숨만큼이나 애모했던 사람의 생애에 불행이라는 그림자가 둘러쳐져 있다는 측은지심 때문이었다. 남 부럽지 않은 유년과 청년기를 보내고 소문난 재력가 집안에 출가하여 남 부럽지 않은 삶을 살고 있으리라 생각했던 사람이 어찌하다가 이혼으로 얻어진 몇 푼의 위자료를 가지고 삶을 영위하고 있다는 사실은 내 가슴에 또 하나의 다른 못이 박히는 결과와 다름없음이었다. 운명의 사슬이 어떻게 연결된 것인지를 알 수 없다고 하여도 지척에서 바라보며 서로를 읽고 있는 시간이 많았음에도 연결될 수 있는 사슬을 스스로가 잡지 못했던 과오와 회한을 담고 있는 지수를 생각하면 오랜시간 가슴 한 켠에 멍울을 달고 있을 것만 같았다. 그야말로 불면의 밤이었고 불편한 밤이었다.

아내가 깨우는 바람에 늦잠에서 깼다. 늦은 조반을 먹고 일요일의 한가함을 맛보고자 아내를 설득하여 나는 아버지 유택을 찾아갔다. 어머님도 동참하신 자리였다. 아버지의 유택은 소읍에서 마련한 공원묘지에 자리하고 있었다. 준비해온 제수를 상석에 깔고 아내와 아이들이 함께 배례를 마치는 순간 나는 저 멀리에서 묘지를 향해 걸음하고 있는 두 사람의 실루엣을 보았다. 늙은이와 젊은이의 조합임이 분명했다. 재배를 끝낸 우리 가족들이 상석 앞에 자리를 깔고 제수를 내려 늦은 오찬을 즐기고자 했다. 지난 시절에는 조상 덕에 이팝을 먹는다고 했다지만 이제는 모두들 제 분복 이상의 삶을 살고 있는 시대였다. 아이들은 할아버지 산소에서 먹는 밥이 너무 맛있다고들 설레발을 치고 있었지만 나는 밥맛이 있을 리 만무했다.

"아침을 늦게 먹었더니 밥이 안 넘어가네."

나는 아내에게 들으라는 투로 한마디 던지고 수저를 놓았다. 아내가 생각해도 남편의 밥맛이 있을 리 만무라는 걸 모르지 않을 터였다. 원고 마감이 촉박할라 치면 종종 밤샘 작업을 해온 터였지만 오늘처럼 할 일 없이 날밤을 새운 적은 흔한 일이 아니었기에 먹는 것에 대한 거부감이 일었던 것이다.

묘지 입구에서 실루엣으로 보이던 두 사람은 어느새 할

머니와 아줌마의 형태를 나타내고 있었다. 나는 두 사람 중 한 사람의 형태를 읽고 있었다. 분명코 지수였다. 그녀는 또 누구를 참배하고자 이곳을 찾아들고 있는지 궁금했다. 그녀도 멀리서나마 나를 알아봤는지 궁금했다.

"지수네 아이가?"

일행이 가까워지자 어머님이 먼저 아는 체를 하셨지만 아내가 있는 자리에서 나는 지수에 대해 아는 체를 할 수 없었다. 그렇다고 전혀 알지 못하는 사람인 척도 할 수 없는 노릇. 나는 묘안을 생각했다. 나는 지수의 모친을 알고 있는 것이다. 그녀의 모친 역시 나를 모르진 않은 터. 곗날 무렵이면 규채네 집에 가서 곗돈 받아 오라고 심부름을 시키던 지수 모친이 아니든가.

무심한 척하고 있었지만 나는 곁눈으로 모녀를 지켜보다가 어디에서든 배례가 끝날 기미가 보이면 찾아가서 인사할 계획이었다. 지수의 모친 역시 내 어머니의 친구나 다름없다는 생각이 있었기에 가능한 일이었던 것이다.

"아범아! 니 지수 엄마 모르나? 가서 인사드리라."

나의 난처함을 어머님이 먼저 해결해 주시어 나는 못 이기는 채 엉덩이를 털며 자리에서 몸을 일으켰다.

나는 아내로부터의 의심을 상쇄하고자 설레발을 쳤다.

"엄마 친구이시네요. 인사 드려야겠네요"

아내는 남편의 말끝을 붙잡고 "어머님보다 많이 젊어 보이시네요."라며 말끝을 흐렸다.

나는 아이들이 지껄이는 소리에 건성으로 귀를 대는 척하면서 지수의 행방에 대해 시선의 한 자락을 꽂고 있었다. 지수 모녀는 묘지 위쪽을 향해 올라가다가 어느 지점에서 자리를 잡고 있었다. 나는 기다렸다가 배례가 끝난 순간을 기다려 그곳으로 걸음 했다.

"안녕하세요? 저 아시겠습니까?"

나는 정중하게 머리를 조아리며 인사를 올렸다. 최대한 예의를 갖춘 모습을 보이자고 생각했다.

"뉘시더라?……."

"안녕하세요? 여긴 어떻게 오셨어요?"

어색함을 덜어내고자 지수가 나를 향해 머리를 숙이며 인사를 했다.

"저 밑에 아버님 유택이 있어 고향 들른 김에 가족 모두가 성묘를 왔습니다."

"아 그랬군요. 저희도 아버지가 여기 계셔서……."

"…… 누구신지?"

"옛날에 엄마가 규채네 집 가서 곗돈 받아 오라고 했잖아요. 바로 그분이에요. 규채…….."

"아니 그 규채가 이렇게 나이 들었어요? 세월 흐른 게 보이네요."

"예. 바로 그 규채입니다. 이제야 기억하시네요."

나는 넉살 좋은 사람처럼 몇 마디 더 남기고 가족을 핑계로 그 자리를 떴지만 뒷맛이 개운하지 않았다. 부족하겠지만 지수가 나의 성공담을 나름대로 부언해 준다면 그 모친의 마음속에 흐르는 알지 못할 아쉬움도 한가락 피어날 것으로 생각했다. 아니할말로 자기만족의 정형이었다.

세월이 얼마나 흘렀을까. 초중등학교 합동동창회를 통해 지수가 결혼한다는 공동 청첩을 받았다고 알려왔다. 재혼이라 널리 알리지 못하고 친한 친지 몇 분과 친한 동창 몇 사람만 참석하는 조촐한 결혼식이라 전해왔다. 나는 참석자 명단에 내 이름을 올려달라고 요청했다. 자신의 재혼식 자리에 첫사랑인 내가 참석한다는 것을 알게 된다면 지수는 어떤 생각, 어떤 반응을 나타낼지 궁금했지만 모든 것은 내 밖에서 나와 상관없이 형성될 일들이었다. 지수의 결혼식 날짜를 기다려 나는 시중에 판매하는 황금색의 祝華賀이라 인쇄된 봉투를 구입했다. 지수의 재혼을 祝儀하는 나의 마음이 남다르다는 것을 표현하는 의미였다. 아내 몰래 가지고 있던 비상금을 몽땅 털어 축의금을 두둑하게 넣고 내 이름을 썼다. 한 대의 자동차로 이동하는 터라 지수의 결혼식에 참석하는 동창들은 나를 포함해 모두 다섯 명이었다. 모두가 초등학교와 중고등학교를 함께 다닌 동창들이었다. 우리는 지수를 주인공으로 올려 얘기들을 나누었지만 나는 식장에 도착할 때까지 지수에 관해서 아무런 말도 하지 않았다.

어머니의 江

손녀딸!

우리에게 셋째 아이가 태어나고 성장하면서 어머님의 절대공간과 집안에서의 입지가 협소해진 걸 알았지만 나는 짐짓 아는 체를 하지 않았다. 다행히 첫째와 둘째가 아들이어서 각각의 공간이 따로 필요치 않았지만 만약 먼저 태어난 아이들 중에 하나라도 딸이었다면 이미 지난 시간에 겪었어야 할 난관이기도 했음을 나는 인지하고 있었던 것이다. 그때나 지금이나 달라질 게 없는 살림살이인지라 앞서 태어난 아이들이 아들인 것을 그나마 다행이라 여긴 적이 여러 번 있었던 것이다. 그러나 딸아이 하나가 더 늘어난 순간부터 점지된 우리의 삶은 풀리지 않는 난관의 연속이었다. 특히 느지막이 태어난 딸아이가 사춘기에 접어들면서부터 부쩍 자기 방 타령을 쏟아내고 있는 터라 연로하신 어머님은 아들 내외에게 난처함을 감추지 못하시며 먼 허공을 일별하거나 홀로 깊은 사념에 잠기시는 모습을 종종 보이시곤 했다. 그렇듯 딸아이의 눈치 없는 공부방 타령이 있었음이 짐작될 때면 나는 난처함을 덜어내고자 옛날에는 엄마 아빠도 이렇게 살았는데 불편한 줄 몰랐다는 억지 논리로 딸아이에게 인내를 강요하기 일쑤였다. 반면 비록 가난한 집의 딸로 태어났지만 네가 가진 남다른 우수한 유전자는 자랑거리가 되고도 남는 요소가 아니냐며 아이들의 불만을 뭉개기도 했었는데 실리만을 생각하는 딸아이는 제 이익 챙기기에만 바쁜 듯했다. 나는 마음고생하는 것도 세상살이에 대한 사회공부가 아니냐는 자기 암시를 걸어놓고 현실을 부정하려는 것에 골몰했지만 주어진 환경은 당장 나아질 수 없는 것이었다. 나는 어머니가 마음 편히 거처하실 작은 공간 하나 마련하지 못해 마음 앓이를 하고 있는 속내조차 드러내기를 꺼려 하며 모든 것을 세월에 맡기고 있을 뿐이었다. 가장으로서의 체면은 차치하고라도 내 쪽에서 어머님의 불편함을 알은 채

한다면 그러잖아도 아내가 토로하지 못하고 자신 안에 내재해둔 불만을 남편에게 옳다구나 하고 늘어놓을까 봐 노심초사하고 있었기에 스스로가 불평불만을 초래할 이유가 없는 것으로 생각했던 것이다.

이미 태어난 아이들은 세월과 비례하여 축적된 세월의 부피만큼 성장해 있었고 아내는 자나 깨나 아랫배가 불룩했다. 천생의 인연이 닿아 처음 만날 무렵부터 약간의 넉넉한 몸피와 불룩한 아랫배를 드러냈던 아내였기에 나로서는 대수롭지 않았지만 어머님은 며느리를 맞기 전부터 며느리 될 여자의 배태를 의심했었다. 어머님의 의심에 아내는 극구 손사래를 치면서 배태를 부인하기에 바빴지만 어머니는 결국 아내의 몸피가 빌미가 되어 긴가민가를 떨치지 않으신 채 결혼을 승낙했는 바, 아내는 어머님의 계산법으로 달 수가 맞지 않는 첫아들을 낳았고 연년생으로 둘째 아들이 태어나 아내의 육아가 힘에 겨웠었는데 다행스럽게도 셋째는 둘째와 다섯 해 터울을 이루는 터였기에 걱정할 일이 없었을 줄 알았던 것이다.

나는 아내의 배가 산달을 향해 불러오기 시작할 무렵부터 걱정과 기우를 키우기 시작했다. 아내의 배 속 아이가 아들이었으면 하는 바람을 드러내지 못한 채 아내가 산부인과엘 가서 태아 감별이라도 했으면 했다. 나는 남아를 선호하는 사람이 아니었지만 만약 셋째 아이가 딸이라면 우리 형편상 전개될 이야기가 달라질 것은 명약관화한 것이었기에 태아에 대한 기우가 깊이 존재했던 것이다. 형제 없이 자란 어린 시절을 돌이킬 것도 없이 혼자라는 지극히도 외로웠던 지난 날들을 내 아이들에게 물려주고 싶지 않았기에 태아가 몇 쌍둥이라 하더라도 환영할 판이었지만 형편상 태아의 성별에 대해서만은 편편하지 못한 것이 사실이었다.

나는 철들기 전부터 가장의 책임을 해태한 내 아버지의 부재 원인을 알지 못한 채 외로움을 견뎌내야 했던 지난 날들에 몸서리를 쳤었다. 유복자가 무엇을 의미하는지 알지 못한 채 유복자가 돼 있었고, 철이 무엇인지 알지 못한 채 철이 들어 버렸으며 불쌍한 것이 무엇인지를 알지 못한 채 항상 불쌍한 녀석의 대명사로 지내야 했다. 종종 이모들의 손길이 머리에 닿으며 함께 쏟아내던 술어들, 불쌍한 것의 주체가 되었던 나 자신에게 이모들은 자신들의 주머니를 털어 조카의 손에 몇 푼씩 쥐여주기도 했다. 그것이 동정이란 걸 알게 된 것도 고등학교에 입학하고 나서였으리라. 그렇듯 아버지의 부재로 인한 수많은 불가해한 일들을 겪어내며 졸업을 앞둔 무렵이었으나 대학은 내가 넘볼 세계가 아니었다.

"대학? 가고 싶죠."

어느 일요일 오후, 어머니가 일 다니는 식당이 하루 쉬는 날임을 알고 찾아오신 큰이모님과 막내 이모님이었으리라. 두 분 이모님이 나를 불러 앉혀놓은 자리에서 뜬금없이 던진 질문이었다. 고등학교를 졸업하기 전에 진학관계로 걱정하시는 어머니에게 더 이상의 학업은 욕심내지 않겠노라고 마음에도 없는 말을 몇 번이나 내뱉은 터였다. 남편 없이 키운 달랑 하나뿐인 아들을 바라보며 살아오신 어머니에게 나의 대학 진학은 허욕이었고 어불성설이었지만 내 속내에 내재된 각오는 남달랐었다.

고등학교를 졸업하고 몇 년만 고생하자. 어머니의 노력으로 모자가 입에 풀칠이라도 할 수 있을 때 내가 힘을 보태 몇 년 알뜰하게 벌어서 대학에 입학이라도 해놓고 형편을 봐가며 휴학을 하든가 또는 입대했다가 부선망 독자로

병역법이 허용하는 의가사 제대라도 한다면 남자로서 떳떳하게 병역의무도 이행하는 것이기에 그렇게라도 군대를 다녀오는 등 최대치로 시간을 활용할 요량을 마음속에 다 잡고 있는 때였다.

"공부도 때를 놓치면 안 된다. 너희 사정을 이모 삼촌이 다 아는데 이모들이 가만히 있겠느냐? 너는 형제만 없다 뿐이지 이모들이 다섯이고 아니할말로 돈 잘 버는 외삼촌이 있잖으냐. 또 사촌들은 얼마고?……. 걱정하지 말고 대학 갈 준비를 하거라. 조건이 있다면 1년이다. 요즘은 대학마다 장학금 제도가 잘 돼 있다더구나. 열심히 공부해서 장학금으로 대학을 마친다면 이모들과 삼촌도 네가 더 자랑스러울 것 같구나. 삼촌이 그러더구나. 외삼촌도 보탤 터이니 이모들이 십시일반으로 힘을 모아 보라고. 입학이라도 해놓으면 2학년부터는 장학금으로 계속 공부를 하게끔 얘기도 해보라면서……."

그렇게 해서 마친 학업이었다. 탁월한 머리도 아니었고 남다른 노력파도 못됨을 알았기에 목적한 것은 오로지 공부였고 장학금이었다. 하다못해 공부벌레가 되어야만 앞날을 도모할 수 있다는 각오였고 그 각오 하나로 지내 온 지난 세월이었다. 그나마 다행한 것은 지방대학이라도 나왔기에 손쉽게 직장을 얻고 아내를 만나 결혼을 했다는 사실일 것이다.

옛말에 사주는 속여도 팔자는 속이지 못한다고 했다는데 사주가 무엇인지 알 수 없어도 나는 팔자에 속한 삶에 묶여 있는 듯하다고 생각했다. 어머님과 아내는 주어진 팔자를 바꿔보겠다고 허구한 날 발버둥을 쳤지만 그 발버둥은 제자리걸음을 벗어나지 못했다. 흑수저의 비애가 태생적으로 우리들 삶에 내재돼 있다는 인식이 내 안에 존재하지 않던 시절이었다. 그러나 분명한 건 나는 결혼을 한다면 아들딸을 내 형편 이상으로 낳을 것이라는 내 나름의 꿈을 포기하지 않고 있다는 사실이었다.

셋째 아이를 배태한 아내의 배가 남산만큼 부풀어 있을 무렵이었다. 배 속의 아이가 아들이라면 별걱정 없겠지만 만약 딸이라면 지금의 환경이 변하지 않는 한 한 가정의 가장으로서나 세 아이의 아버지 자격에 심각한 문제가 발생하리란 걸 모르지 않았다. 해서 불룩해진 아내의 배를 바라보며 몇 번 산부인과를 방문해볼 것을 권유했지만 아내는 산모가 튼튼하고 태아가 건강하게 자라고 있는데 쓸데없이 산부인과에 가서 없는 돈 쓸 이유가 무어냐며 아내는 병원 가기를 완강히 거부했었다. 아니할말로 태아의 감별이라도 알아두면 내일을 준비하기에 좋을 일 아니냐고 내가 설레발을 쳐도 아내는 두 아이가 모두 아들인데 셋째가 아들이든 딸이든 무슨 상관이냐며 고집을 꺾지 않는 데야 별 소용이 없었다. 아니할말로 만약 태아가 여자애였다면 나는 아내에게 소파수술을 권할 생각이었다. 비록 낙태가 죄가 되는 세상을 살고 있지만 아내 몰래 알아본 결과 수많은 태아들이 세상 공기 한줄기 마셔보지 못하고 산부인과 기계들에 의해 울음 한 번 뱉어내지 못하고 사라지고 있다는 사실을 나는 들어서 알고 있었던 것이다.

그해 성탄절이 가까운 무렵에 아내는 산부인과 분만실에서 내가 그토록 걱정을 앞세우던 딸을 낳았으나 나는 아무에게도 드러내지 못하고 닥쳐올 미래의 근심 걱정을 미루어 앓고 있었다. 반면 아내는 예쁜 딸을 기다리고 있었는데 성탄절 선물을 받았다며 오히려 만면에 희색을 지어 올리며 반색했다. 딸아이는 어리다는 이유로 우리 부부의 방에서 키워졌다. 더하여서 두 아들도 여동생이 생겼다는 사실을 반겼으며 어머니와 아내의 극진한 보살핌으로 딸아이는 잔병치레 한번 없이 예쁘게 자라주었다. 딸아이가 집 안에 있으므로 인해 집안에서는 웃음소리가 끊이질 않았다. 그것이 행복임을 모르지 않았지만 우리에게 유착된 사서 고생이란 말을 드러내지 못한 채 시간이 흘렀고 세월이 갔다.

딸아이는 유아기를 지나면서부터 할머니의 방에서 키워졌으나 사춘기에 접어들면서부터 자기 방 타령을 시작했다. 예견된 수순이라 생각했었다. 생활의 변화가 없는 채 커가는 아이들의 몸피는 어느새 우리 부부를 앞지르고 있었다. 섭생이 좋고 영양이 좋아서 아이들의 성장 속도가 빠르다지만 아이들은 물려받은 유전자 탓인지 주변의 부러움을 살 만큼 냇가 포플러나무처럼 서둘러 자라주었다. 어미 아비의 DNA를 타고난 것이든 어찌하든 아들딸의 남다른 성장과 빼어난 이목구비는 우리 부부는 물론 어머님도 주변의 덕담에 마냥 행복해했다. 그러나 딸아이의 자기 방 타령이 자심해지면서 내 안에 존재하는 걱정은 겨울 냇가의 얼음처럼 부피가 커질 뿐이었다. 그 무렵쯤 아비의 깊은 시름을 알고 있다는 듯 큰아들은 고등학교를 졸업하면서 바로 하사관으로 자원입대를 했다. 다음 해에 있을 동생의 대학등록금을 자신이 마련해서 동생을 대학 보내는데 일조하겠다는 계산에서였다. 나로서야 고마운 일이지만 돈이 없어 맏이를 대학에 보내지 못하는 아비의 심정을 맏이가 솔선하여 해결함을 나는 알고 있었다. 그렇게 시간이 흘러 세월이 됐다. 둘째가 대학에 들어갔으며 딸아이는 여중의 졸업을 앞두고 있었다. 순조로운 가정사였고 행복한 가정사의 전형인 듯도 했다.

아내로부터 딸아이가 저만의 공부방을 만들어 달라고 몹시 조른다는 소리를 몇 차례 듣고 난 후라 내 머릿속은 더없이 복잡했다. 딸아이가 제 어멈에게만 제 방 타령을 했을는지? 할머니와 한방을 사용하고 있는 딸아이가 부지불식간에 할머니에게 불충한 눈치를 보일 수도 있을 터. 삶의 연륜이 있으신 어머님의 눈치가 근심을 쌓고 있음이 확연했다.

"서연이가 제 방을 만들어 달라고 부쩍 조르는데 어떡해요? 그러지 말라고 타일렀는데도 얼마 있으면 여고에 진학하는 터라 요즘에는 할머니에게도 눈치를 주는 것 같아요."

해결할 방법이 없는 걱정거리를 수용한 내 심장은 폭발할 것 같았다. 새삼스러운 걱정거리가 아님에도 모르쇠로 일관하던 때와는 또 다른 압박감이 뒷목을 잡아당기고 있는 듯했다. 가슴이 저렸다. 하나뿐인 아들을 위해 평생을 고생으로 보내신 어머니가 칠순을 한참 전에 넘기시고도 그간의 영육의 고통을 풀어낼 기회를 얻지 못하심이 모두 내 탓인 듯도 했다. 더하여서 당신의 속내에 깊이 똬리를 틀고 있을 아들 내외에게 짐이 되고 있다는 드러내지 않는 어머님의 암담함을 치유해드릴 나의 방법론은 더더욱 참담했다. 하등 쓸모없는 자책과 비관을 담고 계실 어머니에게 1·2등으로 당첨된 로또복권이라도 한 장 턱 하니 안겨드리는 꿈도 두어 번 꿨었지만 현실은 언제나 지나가는 바람이었다. 궁하면 통한다는 속설도 나에게는 무용지물이었다. 어머님의 근심 걱정을 들어드리는 손쉬운 방법론이 하천의 여름 잡풀 자라듯이 잠시 잠깐 나의 뇌리에 떠올랐었지만 그에 대한 결론은 어머니의 고통이 배가됨이 자명한 것이었기에 몇 번이고 생각 밖으로 밀어내야만 했다.

"아범아! 언제 시간 나면 큰이모네 댁에 한 번 데려다 다오. 같이 다녀와도 좋고. 큰이모 본 지가 오래됐구나."

어느 날 어머니는 뜬금없이 큰이모를 들먹였다. 큰이모님과의 조우가 오래된 것도 아니었다. 몇 년 전에 있었던 셋째 이모님 댁의 이종사촌 동생 결혼식에 어머님을 모시고 우리 부부도 함께 참석했었는데 그때 외갓집 대부분의 구성원들이 참석했던 터라 큰이모님을 본 지가 오래됐다는 건 어머님의 말 구실에 불과했다. 나는 평소처럼 다른 말을 하지 않았다. 어머님에 대한 나의 학습된 자세였다.

"언제 가시고 싶으세요?"

"아범이 시간 있을 때면 언제라도 좋겠구나?"

나는 어머님을 큰이모님 댁으로 모실 생각을 서두르자고 생각했다. 종종 언니나 동생들의 대소사에 참석하시느라 하루 이틀 어머님이 집을 비우시면 표현하지는 않았지만 그때마다 아내의 표정이 유달리 밝았던 것을 나는 기억하고 있었던 것이다. 어머님에게야 대단히 죄송스러운 표현이지만 비록 짧은 순간이지만 어쩌면 며느리는 자기 시간 갖기에 안성맞춤은 아니었는지? 그것은 시쳇말로 고부간의 윈윈의 시간이 되기도 했을 터.

내 어머님은 칠 남매 집안의 둘째였다. 위로 어머니가

말씀하신 큰이모님, 즉 언니가 한 분 계시고 다음이 내 어머님이시며 아래로 다섯 분의 동생 즉, 네 분의 이모님과 막내로 태어난 외삼촌이 외갓집의 가족 구성원의 전부였다. 물론 외조부와 외조모님은 오래전에 타계하셨지만 외갓집은 막내로 태어나신 한 분 외삼촌과 큰이모님을 중심으로 남다르게 형제간의 화목을 다져내고 있는 집안이었다. 특히 큰이모님과 막내로 태어난 외삼촌과의 나이 차이가 부모와 자식 같은 터울이라 외삼촌은 맏누님인 나의 큰이모님과 집안의 대소사를 가장 많이 의논하는 터였기에 아래 형제들 또한 외부로 나타내는 별다른 불만 없이 원만한 가족사를 이루며 지내오고 있음을 알고 있었다.

어머님이 모처럼 만에 말씀하신 것을 염두에 담아둔 터라 나는 주말을 이용하여 어머님을 모시고 삼척 맹방의 큰이모님 댁을 찾고자 계획했다. 자동차를 소유하지 못한 나는 몇 년 전에 개통된 KTX를 예약했다. 도착지 동해역에서 삼척 맹방까지는 대중교통을 이용하든가 아니면 사촌 동생의 조력을 얻기로 계획했던 것이다.

큰이모님에게야 여럿의 동생들이 있지만 특히 내 어머님에게 각별한 관심을 보이시는 걸 나는 알고 있었다. 외갓집의 대소사로 외갓집 친척들이 모두는 아니지만 거의 한자리에 모이는 날이면 어머님을 잘 모셔서 고맙다는 인사를 내 아내에게 몇 차례나 말씀하시던 것을 나는 기억하고 있었다. 아니할말로 요즘 들어 딸아이의 공부방 타령으로 인해 아내의 입에서 종종 혼잣소리 같은 불만 아닌 불만과 불평하는 소리를 듣게 되지만 내가 판단하기로는 아내는 그 마음속에 어떤 불만이나 불평을 담아두지 않을뿐더러 불평불만을 나타내지를 않은 사람이었다. 때문에 이모님들로부터 조카며느리가 입이 무겁다는 소리를 들으며 외갓집의 구성들에게 칭송받는 인물로 존재했었는데 그 일은 그야말로 내 어깨가 우쭐거리는 매개이기도 했다.

이모님들의 아내에 대한 찬사들이 변함없음을 나는 외면하지 않았다. 특히 딸아이의 공부방 타령은 나 자신이 쉽사리 해결 못할 과제였기에 아내가 자신 안에서 자라나는 반감이 조금씩 불평으로 싹을 키우고 있음을 알고 있었지만 언제이든 언어로 노출하지 않는 것이 나는 고마웠다. 그에 대한 일면으로 주말이라지만 나로서는 서둘러 아내의 곁을 떠나려는 이심전심 같은 것이 존재했다. 잠시 아내에게 시어머니와 남편으로부터의 빈 시간을 주는 것도 필요 요소로 생각했던 것이다.

도착지 역전광장에서 사방을 둘러보았지만 기대했던 동생은 보이지 않았다. 바쁜가보다 라고 생각하며 큰이모님 댁까지 거리를 감안하여 택시를 타려던 순간 그제야 바쁘게 달려온 듯 사촌이 '혀엉'이라며 외쳤다. 나이 터울 없는 동갑이지만 생일이 서너 달 빨라서 형 대접을 받고 있는 입장이라 만날 때마다 친구 먹자고 해도 서열을 지키는 것이 친인척들 간의 위계질서 확립에 꼭 필요하다며 자청하여 끝내 동생이 된 이종사촌이었고 그렇게 형이 되고 만 나였다.

"바쁜데 왜 나왔어? 택시로 갈 터인데."

고맙고 민망한 마음이 일었는지 어머님이 조카에게 고마운 소리를 그렇게 전했다.

"매일 오시는 것도 아닌데 어떻게 먼 길 오신 이모님이 택시를 타고 오시도록 집에 앉아서 기다려요."

동생은 내 어머님에게 살가운 인사를 건네고는 차 문을 열어 우리를 배웅했다. 시내를 벗어난 승용차가 바닷내음을 몰아오는지 도회지에서 느끼지 못하던 바람결이 자동차 안으로 스며들었다.

"좋구나."

뜬금없이 입술 밖으로 뱉어내시는 어머님의 목소리였다.

"이모! 바닷냄새가 느껴지세요?"

"느껴지고말고. 네 엄마 돕는다는 핑계로 이모도 한동
안 여기서 지내잖았느냐. 너희 아버지 돌아가시고 얼마 지
나지 않은 때였을 거다. 옆에 사람이 있다가 갑자기 없어
지니 도저히 못 살겠다고 네 엄마가 하소연을 하길래 핑계
삼아 겸사겸사 내려와 한동안 네 엄마 가게를 도우며 지내
다 보니 나도 정이 든 마을이란다."

그날 밤 나는 사촌 동생과, 어머님은 당신의 언니와 도
란도란 얘기를 나누다가 나는 새벽녘에야 잠이 들었었다.
그때 나는 어머님이 큰이모님에게 손녀 딸아이 공부방 어
쩌고저쩌고 하시는 소리를 잠결에 귀동냥으로 들었다. 그
앞에 노정된 얘기가 무엇인지 알 수 없지만 당신의 결론이
나 다름없는, 가슴속에서 노출되지 않던 소리를 듣고 난
나는 어머님의 근심이 가슴 아팠다. 어머님을 편히 모시겠
다는, 자라면서 한 번도 나의 가슴과 뇌리를 떠난 적이 없
는 효도에 대한 다짐과 각오는 여전한데 어느 순간 갈 곳
이 없어진 어머님이 어쩌면 잠시의 피신처로 큰이모님 댁

을 택하신 것이라는 생각에 미치자 내 속내에서 꿈틀거리는 예감을 감추기에 여념 없었다. 만약 어머님이 내려온 김에 큰이모님네에 좀 더 계시다가 올라가겠노라 하신다면 그것은 잠시 잠깐이지만 당신의 거처를 수소문하기 위한 전제작업이 틀림없다는 확신이 들었다.

"아범 먼저 올라가거라. 나는 이모하고 세상 얘기 좀 더 나누다가 올라가련다."

다음날 나는 출근을 위해 상경해야 했다. 물론 어머님을 홀로 이모님 댁에 남겨둔 채였다.

큰이모님 댁에서 그렇게 하룻밤을 묵고 나는 집으로 향하는 KTX에 몸을 실었다. 마음이 무거웠다. 설마가 현실이 된, 그리하여 어머님을 큰이모님 댁에 남겨두고 다시 열차에 올랐을 때 나는 깊은 생각에 잠겨야 했다. 이미 오래전부터 기다리고 있던 문제점을 해결하지 못한 가장으로서의 무책임이 향후 어떤 형태로 내 앞에 드러날지를 알지 못함도 답답했다. 그것은 세월이 약으로 존재할 행태가 아니었다. 아니할말로 복권이라도 구입하여 궁즉통으로 맞혀준다면 일순간에 모든 근심 걱정이 해결될 문제였지만 언감생심이었다.

나는 시간이 흐르면서 생활공간의 협소를 어떻게 해소할 것인가로 전전긍긍했다. 살아오면서 심심풀이 삼아 몇 번 복권을 구입한 적이 있었지만 재미를 못 본 터라 별 관심을 두지 않았었는데 딸아이의 공부방 타령을 들은 후로는 작정하고 로또복권을 구입하기 시작했었다. 나는 3이라는 숫자를 좋아했기에 매주 3매의 복권을 구입했다. 하지만 그때마다 역시나였다. 814만분의 1이라는 당첨 확률이 나에게 쉽게 적용될 리 만무함을 모르지 않았지만 궁즉통의 간절한 기대감이었다. 한 달이 4~5주임을 감안할 때 복권으로 허비되는 금액이 한 달 6~7만 원이었다. 그것은 나의 주머니를 점점 비참하게 조각하기도 했다. 귀동냥으로 들어보면 어떤 사람들은 담뱃값이나 술값을 줄여가며 복권을 구입한다기도 했다. 나는 애초부터 술·담배를 하지 않은 사람이라 내가 지출할 수 있는 용돈의 용도를 바꿀 수도 줄일 수도 없었다. 주어진 환경 안에서 나름대로 출구를 찾아보겠다고 궁여지책으로 덤벼든 방법론이 로또복권이었지만 그것은 나에게 있어 영원한 함경도 포수 같은 존재로 자리매김하는 듯했다.

해답이 보이지 않았다. 딸아이는 오늘도 공부방 얘기를

던져놓고 등교했다고 아내가 일러 주었다. 나는 해결 방법이 없는 걸 어떡하라고 눈만 뜨면 채근하느냐고 부어오른 소리를 던져놓고 집을 나섰지만 속내가 편치 않았다. 사실 아내의 전언은 채근이 아닌 혼잣소리에 다름아니었지만 나는 민감했던 것이다. 하루종일 머리가 복잡했다. 회사에서 잠시 눈을 돌려 신문을 찾았고 신문을 찾아든 나는 지난주 복권당첨기사에 눈을 던졌다. 토요일 밤에 이미 꽝이 된 걸 알고 있었지만 복권에 대한 미련이 점차 커지고 있었기에 생각만큼 포기할 수 없는 기대감에 신문에서 눈을 떼지 않았다. 귀동냥으로 전해 들은 바에 의하면 1등 당첨자들은 대부분 추첨 전에 조상 꿈을 꿨다든가 돼지꿈을 꿨다고들 했다는데 나는 평소에도 꿈을 잘 꾸지 않는 터라 어쩌면 나에겐 그러한 대박 운도 없는 듯하다고 생각했다. 주어진 삶의 분복이 얼마인지를 알 수 없다지만 진정으로 앞이 보이지 않았다.

　어머님을 큰이모님 댁에 기한 없이 두시게 할 일도 아니라 생각했다. 생선과 손님은 오래 두면 냄새가 난다고 하지 않은가 말이다. 비록 아래 동생이라지만 큰이모님도 어느 무렵이면 아들 며느리 눈치를 보시게 마련일 터였다. 이젠 어머님을 집으로 모셔 와야 한다는 생각이 깊게 그의 뇌리를 차지하기 시작했다. 아들 며느리 눈치도 버거우실 처치에 늙은 동생을 옆자리에 끼고 계시기란 큰이모님도 할 짓이 아님을 모르지 않았다. 이삼일 후에 어머님을 모시러 가겠다고 전화를 넣자 어머님도 아범과 함께 올라오시겠다고 말씀하셨다. 다만 내려올 때 아범 인감을 가지고 왔으면 한다는 내용을 덧붙이셨다. 이틀 후 나는 주말을 이용하여 동해시로 향하는 KTX에 몸을 실었다.

방 한 칸이 문제였다. 할머니가 그렇게 잠시 방을 비운 사이 딸아이는 혼자만의 공간에서 룰루랄라를 즐기고 있었다. 그런 딸아이를 보는 것만으로도 아비로서의 체면이 서지 않았다. 방 한 칸이 마련되지 않는다면 가족 전부가 고통이 엄습할 수 있다는 사실은 이미 기우를 넘어서고 있었다. 공부방을 외쳐대는 딸아이는 제 욕심, 제 편의성 때문에 집안에 예기치 못한 사태가 발생할 수 있다는 생각은 안중에도 없는 듯했다. 저 어린 것에게 입으로 세상 이치를 가르치겠다고 설레발을 친 지도 오래였지만 돌이켜 보면 모든 것이 '소귀에 경 읽기'였다. 가족이라면, 가족구성원이라면 서로서로를 보살필 줄 아는 적어도 측은지심 정도는 소유하고 있어야 한다는 둥, 딸아이들에게 인간애를 가르치려 했지만 실리 만을 추구하는 딸아이는 자신의 욕구가 해소되지 않는 한 어떠한 것도 마이동풍이었다.

딸아이는 또 저만의 방을 노래할 것이리라. 어머님은 손녀딸의 자기 방 타령에 마음 가눌 자리를 찾지 못할 것이 자명할 터. 그러나 딸아이의 눈치보다는 어머님의 당장의 불편이 나의 뇌리에 엄습하고 있는 무게감의 모체였다.

한결같이 자기 가치와 자기 실리를 무너뜨리지 않겠다는 딸아이의 작은 소망은 집안의 드러난 내홍이었다. 나는 열차에 몸을 싣고서도 눈을 감지 못했다. 어머님만의 공간이 준비되지 않은 현실감이 못내 골수를 압박하고 있었다. 바닷바람이 좋으시다며 손 위 자매와 함께 계신다지만 어엿한 손님일 뿐인 어머님의 눈치는 또 어떻게 이해하고 정립되어야 하는 것인지 난감했다. 나는 열차에 실려 가는 내내 뜬눈이었지만 피로감을 느낄 수 없었다. 역전광장엔 이미 사촌이 나와서 나를 기다리고 있었다. 반가웠다. 낯선 곳에서의 배웅객은 누구에게나 당연한 반가움을 수반할 터, 생경함까지는 아니더라도 눈길을 맞출 수 있는, 그리하여 미소를 담아 올릴 수 있는 낯선 땅에서의 조우, 반가움은 그런 것이었다.

아들이 온다는 소리를 전해 들은 어머님은 이미 모든 준비를 끝내시고 문밖 멀리 주시하고 계시는 듯했다. 보지 않고도 아들의 속내를 읽고 있었을 어머님은 얼굴빛이 밝았다. 한동안 보지 못한 아들이라 어머니는 그 아들의 속내가 더욱 안타까웠겠지만 무엇 하나 내색하지 않았다. 어머님의 속내 깊은 자리에는 오로지 내 아들, 내 아들의 가족만 존재해 있음을 나는 알지 못했다.

집으로 돌아온 어머니는 우리 내외를 앞에 불러 앉히셨다.

"큰이모한테서 돈을 좀 빌렸다. 서연이 노래가 제 방 타령인데 그렇다고 내가 따로 방을 구할 처지도 못 되잖냐. 가게를 하나 얻어 장사라도 하면서 거기서 먹고 자면 일거양득이라 생각했다. 시장 안 국밥집은 지금까지 월급 받고 한 일이지만 원래 해온 일이라 자연스럽기도 하고 때마침 국밥집을 나보고 맡으라고 한 사람도 있고."

"…………"

"철이 엄마가 이젠 힘에 부쳐서 가게를 못 하겠다고 하는데 그거라도 인수할까 싶다. 아직은 일할 수 있는데 쉬면 뭐하누? 사람이 놀고 지내면 남아도는 시간하고만 싸워야 하는데 우리 형편에 그것도 못 할 짓 아니냐? 내 생각으로는 시기적으로 하늘이 도우시는 것 같다. 이런 걸 안성맞춤이라 하잖느냐?"

철이 엄마는 내 어머님과 비슷한 연세였다. 아직 할머니라 불리기 전의 노인네였지만 아들딸 모두가 편안한 삶을 사는 터라 한사코 자신들의 어머니가 시장바닥을 떠나기를 종용하는 터였다. 그곳 아낙네들의 삶의 과정이 대동소이하듯 막내아들 철이를 손수 대학까지 보내느라 시장바닥을 떠나지 않다가 막내아들이 대학을 졸업하고 직장을 얻자 자신의 자리를 내 어머님에게 물려 주시려고 생각을 했던 것이고 어머니는 손녀딸의 자기 방 타령을 들을 때마다 당신의 탈출구로서 철이 엄마네 가게를 인수하고자 염두에 담아두고 있었던 것이리라.

편모슬하의 외아들로서 점지된 집안의 정황을 파악하게 됐을 때 내 나이도 혼기를 앞두고 있었다. 이모들의 극

성과 도움으로 지방대학을 마친 것도 천우신조였지만 나에게서 가난은 오로지 극복의 대상이었다. 어머님이 저잣거리에서 국밥집 일을 돕는 것이나 아이 셋을 둔 아내가 파출부라는 이름으로 바깥일을 하는 것이나 내가 회사원이라는 이름으로 시간에 묶여 지내는 것도 가난 극복이 목적이었다. 특히 우리 가족에게 유착된 가난은 무엇보다 어머님을 더 괴롭혔지만 나와 아내가 세 아이의 부모가 된 후에야 그 깊이를 더욱 극명하게 알게 됐던 것이다. 물려받은 재산이 없는 것처럼 가난을 대물림받은 것이라면 이보다 더한 불공평이 어디에 있으며 운명론이나 팔자론이 四柱에 기인한 것이라면 이 또한 어느 것이 맞는지도 의문이었다.

다음날 날이 밝기 바쁘게 나는 옷을 챙겨입고 시장국밥집을 찾았다. 눈을 감고 걸어도 부근에 있는 업종들과 주인들을 알아낼 수 있는 골목이었다. 며칠 전 어머님이 아들 며느리를 앉혀놓고 말씀을 남긴 터였기에 나는 무조건 철이 엄마네 가게 쪽으로 발길을 재촉했다. 새벽녘의 저잣거리는 을씨년 했지만 "아침식사 됩니다"를 유리창에 써붙인 가게들은 불을 밝힌 채 생의 밑바닥을 헤매는 손님들을 기다리고 있었다.

나는 국밥 솥에서 피어오른 수증기에 의해 희미해진 유리창 너머의 가게 안을 살폈다. 새벽 인력시장에 나섰다가 일자리를 얻지 못한 인부 차림의 늙수그레한 남자 서넛이 식탁에 앉아서 막걸리 사발을 돌리고 있었다.

나는 가게 안을 살피다가 문을 열었다. 열리는 문소리와 동시에 가게 안의 몇몇 시선이 나를 쫓았다.

"어서 오소, …… 아니 철암 할메 아들 아닌교?"

오랜만에 보는 얼굴인데도 철이 엄마는 나를 기억하고 있었다. 그 시장판에서 나는 영원한 철암 할메 아들인 듯했다.

"어디 갈라고 이 새벽에?"

"어디 갈려고 집을 나선 것이 아니라 우정 아지메를 찾아왔습니다."

"와. 철암 할메한테 무슨 일 있나?"

"그게 아니고 아지메한테 뭐 좀 물어보려고요?"

"물어볼끼 뭔데?"

"혹시 아지메가 이 가게 그만하신다고 했습니까?"

"그래, 내가 철암 할메한테 말 한 적이 있다. 그땜에 뭐

일 있나?"

"어머니가 이 국밥집을 운영하고 싶다는데 걱정돼서 그럽니다."

"걱정할 거 없다. 나도 여기서 청춘 바칫다 아이가. 아직도 가게를 더 할 수 있는데 철암 할메 사정 얘기를 듣고 할메한테 넘기기로 했다."

그때서야 나는 어머님에 관한 자초지종을 인지했던 것이다.

"철암 할메는 음식 솜씨가 좋아서 내보다 더 잘 할끼다."

그렇게 시작된 어머니의 국밥집을 아내가 돕겠다고 나섰다.

"제가 어머니를 도울게요. 어머니도 어차피 사람을 써야 하잖아요? 저도 나가서 일을 해야 하는 사람이고요."

"네가 그래 주면야 나야 좋다만……."

어머님은 그렇게 당신의 거처를 마련했다. 아내 역시 바깥일로 돈을 벌어야 하는 사람이었기에 고부간은 자연스럽게 새로운 자리매김을 시작했다. 그러나 세상일이 순조롭기만 한 것이 어디 있겠는지?

국밥집을 드나드는 손님들 중에는 한잔 술에 농을 걸거

나 해서는 아니 될 농을 하는 손님들도 있기 마련이었다. 특히 며느리에게 쓸데없는 농을 하는 손님들이 어머님의 귀에 거슬렸다.

"김 씨! 내가 우리 며느리라 했잖아요. 지금껏 하는 걸 보고도 몰라요? 아무리 술기운이라도 사람을 골라서 농을 해야지 소주 한잔에 그러는 꼴 정말 난처하고 듣기 거북하네요. 앞으로는 여기 오지 마소."

하나뿐인 며느리가 손님들로부터 쓸데없는 농을 듣는 것이 어머니는 싫었다. 나이 든 시어미를 돕고자 이것저것 가리지 않고 가게 일을 도맡아 하는 며느리가 대견하고 고마운데 술기운을 핑계로 듣기 거북한 농을 지껄일 때는 단골이 떨어지더라도 상관없다는 양 어머니는 손님들에게 박절한 말을 아끼지 않았다. 아내는 내 가게나 다름없는 터라 매상에 목적을 두고 있었다. 그렇기에 술 취한 손님이라 그러려니 하려 했지만 오히려 시어머니 앞이라 난처함을 감출 수가 없었다. 어머니를 돕겠다고 나설 때부터 이미 각오한 일이라고 했었지만 막상 기우가 현실로 닥치는 데야 어쩔 수 없었다.

말이 좋아 국밥집이지 대개의 손님들은 국밥에 소주나

막걸리를 빠트리지 않았다. 어떤 날은 국밥 보다 소주와 막걸리가 더 많은 매출을 올리기도 했다. 국밥보다 소주나 막걸리에서 더 많은 마진이 발생하는 터였는데 결국 국밥 한 그릇에 소주 서너 병을 비운 손님이라면 대부분 객쩍은 소리는 필수인 듯했다. 아내는 그에 한술 더 떠 손님들의 농을 가마솥 수증기 지워지듯 미소로 대응했다. 남매의 막내로 자란 아내는 평소에도 농지껄이를 싫어했다. 자라온 환경이 그러했기에 남편의 농지껄이도 쉽게 받아내지 못하는 사람이었는데 그야말로 환경에 동화되고 있음이 확연했다. 더하여서 어머님 역시 농지껄이에 편편한 분이 아니었기에 오히려 손님들이 불편해했다. 그러나 남의 주머닛돈을 바라보고 벌인 장사인지라 속내를 드러내지 않으려 했다. 이심전심 어머님의 속내를 읽고 있는 며느리였기에 아내는 아내대로 손님들의 농지껄이에 정색하지 않을 뿐이었다. 아내는 오로지 한시라도 빨리 시어머님을 편히 모시겠다는 각오를 앞세우고 있었기에 자신의 인내를 져버리지 않았던 것이다. 그렇게 며느리의 불편을 시어머니가 막아내고 있어 아내는 나름대로 시어머니와의 시간에 몰두할 수 있었을 터라 미루어 짐작했다.

어느 날 나는 출근하는 아내를 따라 이른 시간에 어머님의 국밥집을 찾았다. 어머님의 국밥집은 그런대로 호황이었고 동시에 즐거워하시는 모습이었다. 당신의 고생으로 예쁘고 귀여운 손녀딸이 자기만의 공부방에서 행복한 나날을 지내고 있을 것이라는 지극히 원론적인 짐작에 어머니는 나름대로 신바람을 내고 계시는 것은 아닐는지 상상을 했다. 더하여서 많은 연세에도 불구하고 어머님의 고생으로 내 안에 싹을 돋우고 있는 어떠한 희망성에 나 역시 신바람이 감돌고 있었다.

사위가 밝으려면 아직 한참의 시간이 필요한 때였지만 어머님의 국밥집은 이미 새벽일을 나선 사람들로 분주했다. 아내를 통해 국밥집의 매일의 결과를 듣고 있었지만 내 눈으로 실상을 확인하고 싶기도 했었기에 이른 새벽 국밥집 문을 밀었을 땐 없던 시장기가 엄습했다.

"갑자기 시장하네."

앞서 어머님의 국밥집 문지방을 넘던 아내가 혼잣소리나 다름없는 남편의 낮은 소리에 말을 받았다.

"국밥 하나 말아드려요?"

서둘러 주방으로 향하며 아내가 내게 던진 말에 어머니

가 먼저 반응했다.

"아범! 어서 오게. 아범한테 국밥 하나 말아주고 싶었는데 마침 잘 왔구먼."

아들의 대답을 듣기도 전에 어머니는 이미 육고기내장 등 속을 담아놓았던 뚝배기에 절절 끓는 육수와 각종 고깃덩이를 수북이 올려 담으시며 주름 가득한 만면에 미소와 분주를 함께 담고 계셨다.

평화의 沈默

먼발치로 엄마의 모습이 보였다. 엄마는 금방 차에서 내려 장바구니를 든 채 내 앞서 집 쪽을 향해 걷고 있었다. 집과는 거리가 상당한 위치였고 엄마와의 거리감도 상당했지만 나는 금방 엄마를 알아봤고 엄마 뒤를 따르며 걷고 있었다. 엄마가 하차하신 차는 내가 처음 보는, 흔히들 말하는 수입차였다. 국가가 잘살다 보니 흔하게 볼 수 있는 게 수입차라지만 금방 엄마가 내린 수입차는 흔하게 볼 수 있는 수입차가 아니었다. 나는 하굣길이었다. 아침부터 감기기를 느끼고 있었지만 나는 엄마에게 알리지 않고 등교했었는데 5교시를 다 채우지 못하고 양호실에 들렀다가 중도에 하교하는 중이었다. 그런 내 앞에서 엄마가 장바구니를 들고 걷고 있어 여느 때였다면 달려가서 엄마의 팔을 잡으며 애교라도 부렸겠지만 오늘은 그렇지 못했다. 감기기가 있기도 했었지만 그보다는 설명하지 못할 무엇인가가 내 머리통을 쥐어박으며 알지 못할 충격을 주고 있었던 것이다.

엄마를 하차시킨 그 자동차는 정차했던 자리에서 엄마로부터 무슨 지시라도 받는 듯 잠시 머뭇대다가 그대로 앞을 향해 달려 나갔기에 나는 운전대를 잡은 사람의 얼굴을 볼 수가 없었다. 엄마와 운전자 사이에 무슨 얘기가 오고 간 느낌은 오히려 나를 불쾌하게 했다.

아빠는 교통사고 가해자로 지방에 소재한 교도소에 수감 중이었다. 음주운전이 문제였다. 아빠는 남달리 술을 좋아하셨다. 앞서 음주운전 사고로 피해자가 중상을 당하는 사고를 저지른 아빠는 술을 끊든 차를 팔고 대중교통을 이용하든 둘 중에 하나를 선택하라고 엄마가 입버릇처럼 말을 했지만 어느 것 하나도 포기하지 않은 채 종종 음주운전도 불사하던 중에 기어코 더 큰 사고를 저지르고 말았던 것이다.

엄마만큼이나 나 역시 아빠의 술 마심을 좋아하지 않았

다. 허구한 날 입에서 술냄새를 풍기시며 '예쁜 우리 딸 예쁜 우리 딸' 하실 때면 나는 내 힘껏 아빠를 밀쳐내곤 했었던 것이다.

"아이 술냄새. 아빠 정말 싫어!"

그러하시던 아빠가 교도소에 갇혀 영어의 시간을 보내시고 있는데 최근 들어 엄마는 아빠를 걱정하거나 아빠의 출소를 위해 시간과 마음을 할애하는 모습을 나타내지 않는 것 같았다. 나는 조용히 엄마의 뒤를 따르고 있었지만 속내가 편하지 않았다. 음주운전으로 사망사고를 야기하신 아빠의 잘못을 책망하고 아빠를 미워하는 시간의 연속이었지만 엄마가 다른 사람의 승용차에서 내렸다는 사실 앞에서 내 머릿속 회로는 잡다했던 것이다.

아빠의 음주운전 사망사고는 한 때 엄마를 인근의 변호사사무실을 분주히 들락거리게 했다. 엄마는 아빠나 엄마 친구들로부터 정보를 듣거나 소문을 수집하여 직전 법원장이었다는 변호사를 찾아갔다. 소위 전관 변호사였다. 물건 가치를 알지 못하면 돈을 많이 지급하라 했다는데 엄마는 아빠가 가입해둔 손해보험에 더하여 운전자보험과 아빠의 계좌에 들어있던 상당한 금액을 들여서 전관 변호사를 수임했다고 했었지만 아빠는 상습음주운전자라는 주홍글씨를 달고 있는 피고였기에 형의 집행이 유예되지도 않았다. 엄마로서는 어쩌면 아빠를 위해 최선을 다한 대처였을 터.

엄마를 따라 집으로 들어서는 나를 보자 엄마는 깜짝 놀라며 눈을 휘둥그레 떴다.

"아니 이 시간에 하교를 하니?"

"응. 몸이 너무 안 좋아."

엄마는 부랴부랴 내 이마에 손을 얹거나 손발을 만지며 호들갑을 떨었지만 나는 오히려 귀찮았다.

"괜찮아, 엄마."

나는 거실에 엄마를 세워둔 채 내 방으로 가서 이불을 내리고 벌러덩 몸을 누이었다. 엄마가 따라 들어와서 호들갑을 멈추지 않았지만 나는 귀찮음을 드러내며 엄마를 밀쳐냈지만 엄마의 육신은 향긋했다. 엄마만이 소유한 향내가 내 코끝을 자극했기에 오히려 나는 알 수 없는 반감에 사로잡혀야 했던 것이다.

아빠가 영어의 세월을 지내는 동안에도 엄마의 화장이 계속되었다는 사실을 알고 있었지만 그것은 엄마의 영역

일 뿐이라고 나는 생각했다.

나는 조금 전에 엄마가 내렸던 차에 대해 물어보고 싶었지만 입을 열지 않았다. 마흔 무렵의 내 엄마라면 그런 차에서 내렸다 하여 이상할 것이 없었다. 자타가 인정하는 엄마의 아름다운 몸매와 예쁜 얼굴은 딸인 나의 자랑이기도 했거니와 아빠의 자존심이기도 했으니까. 주변 사람들이 한결같이 엄마의 미모를 칭송하고 있는데 아빠는 무슨 불만이 있어 주야장천 술을 드시고 더하여서 음주운전까지 하시는지 그 이유가 궁금했지만 단 한 번도 아빠에게 왜 음주운전을 하느냐고 묻지를 않았었다.

엄마가 내렸던 수입차는 기억하건대 그 후로도 우리 집 주변에서 종종 내 눈에 뜨였다. 특히 주말이나 휴일이면 그 수입차를 목격하는 일은 더욱 용이했다. 그 수입차의 번호를 새겨넣은 내 동공은 어느 순간 멀리서도 그 차를 알아봤다. 엄마와 무관하게 그 자동차가 내 옆을 스칠 때면 나는 뚫어져라 수입차의 운전자를 보려 했지만 한 번도 그 수입차의 운전자는 내 동공에 자신을 드러내 주지 않았다. 차창의 선팅이 너무 짙은 차였던 것이다.

그날 이후, 나의 하굣길은 즐겁지 않았다. 학교에서 귀

가하여도 나를 맞이하는 건 엄마의 잦은 부재였다. 현실이
그러했으니 행복할 리 만무했다. 책가방을 벗어 아무렇게
나 던져두고 냉장고 문을 열어 생수병 뚜껑을 비틀어 열고
물을 벌컥벌컥 마시는 것으로 나는 배고픔을 대신 지우곤
했다. 그런 시간이 자그마치 내가 학년을 바꾸는 세월에도
지속되고 있었다.

아빠의 출소는 아직도 절반의 세월이 필요했다. 가입해
놓은 손해보험금 지급과는 무관한 음주운전 사망사고여서
운전자보험금과 아빠가 적립해둔 계좌에서 상당액을 인출
하여 피해자 유가족들에게 합의라는 명분으로 지급하였
고, 보태어 아빠의 통장에서 적지 않은 돈을 꺼내어 전관
변호사를 수임했지만 아빠의 죄질은 몇 푼의 금전으로 상
쇄될 가치를 상실하고 있었다. 돈으로는 안 되는, 아빠의
죄업이 그만큼 큰 것이었다.

잡아둘 수 없는 것이 시간이며 세월이라 했든가. 아빠
가 만기출소를 앞둔 날이었다. 아빠의 출소가 예정된 전
날 저녁, 엄마와 나는 서둘러서 장거리행 버스에 몸을 싣
고 이 년이라는 세월 아빠가 구금돼 있던 교도소가 소재한

도시를 찾아갔다. 엄마의 기분과 무관하게 나로서는 여행이었다. 곧 대학입학을 하게 되는 나로서는 엄마와 동행하는 나름대로의 여고졸업 여행이었기에 나는 아무것도 보이지 않는 차창 밖에 둔 시선을 거두지 않았다. 다음 날 새벽, 교도소의 육중한 철문은 닫아둔 채 철문 옆 쪽문을 통하여 몇 사람의 수인들과 함께 나의 아빠도 희뿌연한 새벽공기를 가르며 교도소 문을 나서고 계셨다. 아내와 딸을 목격하신 아빠는 우리를 향해 손을 흔들어 주었다. 반가웠다. 나는 속으로 아빠를 외쳤지만 언어로 표현되지는 않았다.

출소 이후 아빠는 매일 이다시피 집 밖을 떠돌았다. 가족 부양이 우선인 가장인지라 아빠는 직장을 찾아야 했다. 사고 전에 운영하시던 사업은 이미 다른 사람의 손에 넘어가 있었던 것이다. 친구들을 찾아다니고 동창과 동문회를 통하여 직장을 알아보려 했지만 아빠의 이력에 불명예가 붙어있는 현실은 모든 것에 녹록지 않았다. 아빠의 이름으로 존재하던 것들의 이별이 가속도를 붙이고 있었다. 눈치로 보아 아빠의 통장에서 호흡하던 금전의 부피도 밑바닥을 보이고 있는 듯했다. 아빠와 엄마의 다툼이 심심찮게 내게 목격되고 있었다. 그로 인해 나는 조금씩 불안이 무엇인지를 알게 됐다. 아빠에 대한 엄마의 잔소리는 엄마의 불만에서 제기된 것으로 생각했다. 사장이라는 이름으로 사업상 교제상 술이 아니고는 사업을 할 수 없다고 취중 한담을 하시던 당당하던 아버지는 어디에 가시고 인생 패잔병 같은 모습의 내 아버지가 허구한 날 엄마의 잔소리에 눌려 지내는 건 나로서도 마뜩잖았다. 엄마가 하신 말을 조금이라도 귀담아듣고 아빠가 수용했다면 지금의 아빠가 되진 않았을 것임을 생각하면 아빠가 더 미웠지만 이미 지나가 버린 시간을 잡고 있은들 소용없는 일이었다.

아침 잠자리에서 눈을 뜨기 바쁘게 엄마는 또 아빠를 향해 듣기 거북한 잔소리를 했다. 방문을 열지 않고도 아빠를 향한 엄마의 잔소리가 하이톤으로 들려왔다. 벌써 며칠째 중단없이 이어지고 있는 엄마의 잔소리는 화병에 가까웠다. 어쩌면 엄마의 저 잔소리가 우리 가정을 깨트릴 수 있겠다고 생각되었다. 엄마가 없는 나와, 아빠가 없는 나를 생각해 보았다. 아빠 엄마가 저러시다가 정말 이혼이라도 하신다면……. 필경 나는 둘 중의 한 사람과 살아야 할 것으로 생각되었다. 그것은 지옥이었다. 주변의 친구들이 아빠나 엄마와만 살고 있는 것이 떠올랐다. 모두가 비참하다고 생각한 적이 있었다. 더 어린 자녀들은 시골의 할머니 할아버지 댁에 맡겨져서 비참하게 살고 있다는 얘기도 들은 적이 있었다. 나는 갑자기 이 집안의 중심이 누구인가 생각했다. 우리 집의 중심은 엄마가 아니라 분명코 아빠였다. 그런데 아빠가 저토록 이빨 빠진 호랑이로 앉아 계시니 엄마가 더 의기양양해서 날뛰는 것으로 생각되었다.

나는 발로 차는 듯 내 방문을 열고 나가 큰 방문을 열어젖혔다. 내 몸과 마음은 이미 죽음을 불사한 투사가 돼 있었다. 생즉사 사즉생이었다.

"엄마!"

내 음성은 지금껏 한 번도 뱉어보지 못한 독기를 품은 음성이었다.

"이년이 아침부터 못 먹을 걸 처먹었나?"

아빠에게 향해 있던 엄마의 불만과 욕지거리는 나에게로 전이되어 오히려 내게 투쟁심을 고조시키고 있었다.

"엄만 잘한 게 뭐 있다고 맨날 아빠를 닦달하셔요? 아빠도 그만하면 충분히 죗값 치렀고 용서도 받았다고 생각

돼요. 엄만 아빠가 불쌍하지도 않아! 이제 아빠에게 그만 해요."

나는 급기야 멈출 수 없는 오열을 쏟아내기 시작했다. 살아생전 그러한 울음을 다시 울 수 있을까 싶은 오열이었다. 큰 방을 나와서 내 방으로 돌아온 나는 방문을 닫아걸고 목청이 터져라 울어야 했다. 종종 엄마의 행적이 낯선 차량에서 발견된 적이 있었다는 사실마저 내 통곡의 빌미로 보태어졌고 나를 대담하게 이끌었던 것이다. 반면 엄마의 그러한 비밀스러운 내용을 딸인 내가 조금은 알고 있다는 사실을 엄마가 모르지 않는다는 나름대로 의식이 내 안에 존재하고 있었기에 아빠를 옹호하려는 힘으로 작용했던 것이다.

잠시 후, 아빠가 집을 나서는 소리가 들렸다. 나는 오늘만이라도 아빠가 제발 좋은 소식을 안고 오시기를 기도하면서 눈물을 훔치고 있었다.

아버지의 아들

초판 1쇄 인쇄 2024년 06월 25일
초판 1쇄 발행 2024년 07월 04일
지은이 조관선

펴낸이 김양수
펴낸곳 도서출판 맑은샘
출판등록 제2012-000035
주소 경기도 고양시 일산서구 중앙로 1456 서현프라자 604호
전화 031) 906-5006
팩스 031) 906-5079
홈페이지 www.booksam.kr
블로그 http://blog.naver.com/okbook1234
페이스북 facebook.com/booksam.kr
이메일 okbook1234@naver.com

ISBN 979-11-5778-653-4 (03800)

맑은샘, 휴앤스토리 브랜드와 함께하는 출판사입니다.